中公文庫

死　香　探　偵

生死の狭間で愛は香る

喜多喜久

中央公論新社

c o n t e n t s

風《かざ》間《ま》由《よし》人《ひと》

東京科学大学薬学部・分析科学研究室の准《じゅん》教《きょう》授《じゅ》。長身で誰もが納得する男前。大企業の御《おん》曹《ぞう》司《し》でもある。分析フェチで、潤平の特殊能力に目をつけ「解明させてほしい」と付きまとう。

Characters

桜《さく》庭《ば》潤《じゅん》平《ぺい》

童顔の二十六歳。特殊清掃専門の会社〈まごころクリーニングサービス〉でアルバイトをしているうちに、「死香」を食べ物の匂いとしてかぎ取るようになった。

曽《そ》根《ね》

警視庁刑事部・捜査一課・第一強行犯捜査・分析研究係。
冤罪《えんざい》を無くすため風間の研究に協力。彼の専任サポート係をしている。

羽《は》賀《が》 樹《いつき》

〈まごころクリーニングサービス〉で働く潤平の先輩。
見た目はヤンキーっぽいが、気配りのできる人。

月《つき》森《もり》征《せい》司《じ》

元医者。「死香」を花の香りとして感じ取る。
それに取り憑《つ》かれ、自ら患者を自殺に導いていた。

死香探偵

生死の狭間で愛は香る

第一話

死の真実は、果実を育む香《か》の奥に

1

伊勢崎徳治《いせざきとくじ》は顔に冷気を感じて目を覚ました。

小屋の中は薄暗《うすぐら》い。段ボールとベニヤ板とビニールシートを組み合わせて作ったこの小屋には、あちこちに隙間《すきま》がある。そのため、締め切っていても隙間から外の光が差し込んでくる。

室内の明るさから、午前六時過ぎだな、と伊勢崎は当たりをつけた。まだ日は地平線から顔を覗《のぞ》かせていないが、東の空がぼんやりと明るくなっている頃《ころ》だろう。息が白いのが、うっすらと見える。今朝もかなり冷え込んでいるようだ。

何度か瞬《まばた》きをすると、寝袋から手を出してファスナーを開けた。

背中と床を引き剝《は》がすように、ゆっくりと体を起こす。地面に木の板を置き、段ボールを敷《し》き重《かさ》ねただけの寝床だ。クッション性は皆無《かいむ》で、寝起きはいつも背中や腰がこわばっている。まるで体の一部が石に変わってしまったかのようだ。

腰を手で揉《も》みほぐしてから、伊勢崎は寝袋を這《は》い出した。

布切れで作ったマフラーを巻き、ボロボロの軍手を嵌《は》める。身支度《みじたく》はそれで終わりだ。寝間着なんて洒落《しゃれ》たものは持っていない。いつも同じ服を着ている。

木の戸を押し開けて外に出た。伊勢崎の小屋は橋の下にある。多摩川《たまがわ》に架かる、大きな橋だ。早朝だが、行き交う車の音が聞こえてくる。

橋の下には他にも似たような小屋が並んでいる。伊勢崎と同じように、この河川敷《かせんしき》で生活している連中の寝床だ。まだ眠っているのか、辺りは静まり返っていた。

伊勢崎は自分の小屋の裏手に回った。そこに、棺桶《かんおけ》ほどの大きさの木箱が置いてある。蓋《ふた》を持ち上げると、強烈《きょうれつ》な悪臭《あくしゅう》が巻き上がった。河川敷の雑草を切《き》り刻《きざ》み、鶏糞《けいふん》やおから、魚粉《ぎょふん》などを加えて作った特製の肥料《ひりょう》だ。

思わず顔をしかめたくなる匂《にお》いになれば、そろそろ完成が近い。あと二、三日したら畑に撒《ま》いてもいいだろう。伊勢崎は手近にあった園芸用のシャベルで肥料を掻《か》き混ぜてから、丁寧《ていねい》に蓋を閉めた。

「……よっこいしょ、っと」

膝《ひざ》が痛まないように慎重《しんちょう》に立ち上がり、小屋を離れて上流の方へと歩き出す。

腰の高さほどもある、枯《か》れたススキが北風に揺《ゆ》れている。頬《ほお》は寒いが、耳は伸《の》ばしっぱなしの髪に隠れているので平気だ。匂いさえ気にしなければ、髪は長い方がいい。

河川敷をしばらく歩いていくと、ススキの中に高さ一メートルほどの木の柵《さく》が見えてくる。伊勢崎が立てたものだ。

ススキを掻き分けて柵に近づく。柵は、およそ四メートル四方の土地を囲っている。

周りは小石ばかりの地面だが、ここだけは濃厚《のうこう》なココア色の土に覆《おお》われていた。伊勢崎の所有する――といっても国有地を勝手に使っているのだが――畑だ。丁寧に耕《たがや》し、毎日手入れしている畑には今、大根を植えている。

柵の端《はし》の戸を開け、畑に足を踏《ふ》み入れる。最初に確認するのは、地面の足跡だ。イノシシは出ないが、野良猫が入り込むことはある。もちろん人間もだ。畑を荒らされることほど悲しく、そして腹立たしいことはない。

今朝は特に異常はないようだ。ホッとして大根のそばにしゃがんだ時、犬の吠《ほ》える声が聞こえてきた。

野良犬だろうかと思った瞬間、「うわーっ！」という男の叫び声がした。驚《おどろ》きと恐怖《きょうふ》が入り混じった声に、伊勢崎は異常事態の発生を確信した。

伊勢崎は人との交流を避けた暮らしを送っている。普段なら無視して畑の手入れを続けただろう。だが、今朝は違った。強烈な胸騒ぎに引っ張られるように、畑を離れて声の方へと向かった。

犬の鳴き声は右手の堤防《ていぼう》から聞こえる。立ち止まって目をこらすと、堤防の斜面の草むらに犬と男性の姿が見えた。犬は河川敷に向かって吠えており、飼い主の男性はリードを掴《つか》んだまま斜面にへたりこんでいる。

そこで伊勢崎は人の気配に気づいた。見ると、周囲の草むらにいくつもの人影《ひとかげ》がある。

長く伸びたよれよれの髪と、薄汚《うすよご》れた服……伊勢崎と同じようにこの河川敷で暮らしている連中だ。今の叫び声を聞きつけてねぐらから出てきたらしい。

だが、連中は息を潜《ひそ》めているだけで男性に声を掛けに行こうとはしない。誰《だれ》かが動き出すのを待っているのだ。

そこで、犬が駆け出した。飼い主がリードを放したようだ。

犬は斜面を駆け下り、今度は草むらに向かって吠え出した。どうやら異変はそこで起きているらしい。

伊勢崎は草を掻き分けながらそちらに歩き出した。

辺りが明るくなり始めている。

新しい朝の光が、薄闇《うすやみ》に沈《しず》んでいたものたちを浮《う》かび上がらせてゆく。

そして、伊勢崎は足を止めた。

枯れたススキの中に、男が倒れている。男は体をぐっと縮《ちぢ》め、ガードを固めたボクサーのように両腕《うで》で顔を守っていた。顔は見えなくても、服装《ふくそう》で「同類」だと分かった。この河川敷で暮らしていた男だ。本名は知らないが、「ケンタロウ」と呼ばれているのを聞いたことがある。

男は頭部からひどく出血していて、微動《びどう》だにしない。体に触《ふ》れなくても、死んでいるのだと分かった。

遺体《いたい》の周りにはこぶし大の石がいくつも転がっていた。

それらの石を汚した赤黒い血の色が、朝日を浴《あ》びて少しずつ鮮《あざ》やかになっていく。

「ああ、朝が来たな……」

伊勢崎はそう呟《つぶや》くと、遺体に背を向けて自分の小屋へと歩き出した。

2

「うん、いい感じじゃないか」

玄関《げんかん》のドアを開けてすぐ、樹《いつき》さんが嬉《うれ》しそうに言った。つい十数秒前までは眉間《みけん》にしわを寄せ、三白眼《さんぱくがん》で足元を睨《にら》みつけながら歩いていたのに、すっかり表情がやわらいでいる。一瞬で別人に入れ替わったかのようだ。

ただ、この変貌《へんぼう》は予想通りではあった。

豊島《としま》区にあるこのマンションは、僕たちの今日の最初の作業現場だ。割り当てられた現場に向かう途中《とちゅう》、樹さんはいつも不機嫌《ふきげん》で、険《けわ》しい表情で愚痴《ぐち》を口にする。その姿は「どうしても学校に行きたくない！」と駄々《だだ》をこねる子供のようですらある。

樹さんがそんな風に社会人にあるまじき態度を取るのは、仕事を始めるまでの精神的ハードルを乗り越えるためだ。ストレスを意識的に表に出すことで、精神の安定を図《はか》っているのだろう。それだけ、僕たちの仕事は「心に来る」のだと思う。

そうやって気持ちをととのえているので、樹さんは仕事が始まれば一気にシャキッとする。

「もう大丈夫そうだな。潤平《じゅんぺい》はどう思う？」

樹さんに訊《き》かれ、僕はマスクを外して鼻からクンクンと空気を吸い込んだ。

「そうですね。問題ないと思います」

「それにしても、科学《かがく》の力ってのはすごいよな」

リビングへと続く廊下《ろうか》を見つめながら、樹さんがしみじみと呟く。

マスクを戻し、「本当に」と僕は同意した。

実は、僕たちは四日前にもこの部屋に足を運んでいる。その時と比べれば、「消えた」と言っていいほど匂いは薄まっている。事情を知らない人なら、足を踏み入れても違和感を覚えないだろう。ましてや、つい最近ここで人が亡《な》くなったなどと想像することもないはずだ。

この四〇二号室のリビングで遺体が発見されたのは、今から一週間前のことだ。亡くなったのは住人である四十二歳《さい》の女性で、死因はドアノブを利用した首吊《くび》り自殺だった。遺体を発見したのは、無断欠勤した彼女を心配してやってきた会社の上司《じょうし》で、その時点で死後七日ほどが経過していた。自殺したのは昨年末……大晦日《おおみそか》の夜と推定《すいてい》されている。年末年始は会社が休みだったため、発見がそれだけ遅《おく》れたのだろう。

亡くなった時、女性はエアコンの暖房を入れていた。室温が二〇℃以上に保たれていたため、冬場にもかかわらず遺体の腐敗《ふはい》はかなり進んでいた。

人間の体は主にタンパク質で構成されている。生きている時は、タンパク質の生産と分解は秩序《ちつじょ》だって行われている。だが、生命活動が停止した直後から、その秩序は崩壊《ほうかい》を始める。分解を司《つかさど》る酵素《こうそ》はコントロールを外れて暴走《ぼうそう》し、手当たり次第に肉体を壊す。分解によって生じた物質の中には、メタンやアンモニア、硫黄《いおう》化合物などが含《ふく》まれており、それらは強烈な悪臭を伴《ともな》って拡散《かくさん》していく。

そのメカニズムにより、この部屋も悪臭によって汚染《おせん》されていた。女性がもたれていたドア、座り込んでいた床板、リビングの壁紙やカーテン、カーペットやソファーなどの家具にも腐敗臭が染《し》み付いていたのだ。

そういった悪臭を含めた汚れを消し去り、その空間を元の状態に限りなく近づけること――それが僕たちの仕事だ。

僕と樹さんは、『有限会社　まごころクリーニングサービス』という会社で働いている。主な業務内容は清掃《せいそう》事業だが、扱う案件は普通《ふつう》ではないものが大半だ。今日の現場のような、「遺体による汚損《おそん》」が起きた場所の清掃を中心に請《う》け負《お》っている。この手の清掃作業は、一般的に「特殊《とくしゅ》清掃」と呼ばれる。

普通の清掃との一番の違いは、悪臭への対応だ。ヒトを含めた多くの生物は、腐敗によって生じる物質を鋭敏《えいびん》に嗅《か》ぎ取るように進化してきた。例えば肉食動物は「ごちそうの匂い」、ヒトは「自身に危険をもたらしうる回避《かいひ》すべき匂い」という風に認識していると思われる。このように、生存に直結する重要な匂いであるがゆえに、感度も高いというわけだ。

こういう事情があるので、腐敗臭の除去には相当な苦労が伴う。腐臭成分を抑え込むことに特化した洗剤《せんざい》を使ったり、消臭効果のある銀を超極細《ちょうごくぼそ》の繊維《せんい》にして織《お》り込んだモップを使ったりしているが、それだけでは不充分《ふじゅうぶん》なことも多い。そのため、清掃のあとの仕上げとして、現場に活性炭《かっせいたん》を撒き、匂いを分解するオゾン発生器を数日間連続稼働《かどう》させる、という手順を踏む。

今日この部屋にやってきたのは、その仕上げの効果を確かめるためだった。

四日前、清掃のために来た時は黄色い煙として目に見えそうなほど濃《こ》い「死臭」が漂《ただよ》っていたが、今はもうほとんど消えている。匂いを感じないわけではないが、それはある特殊な事情で、僕の嗅覚《きゅうかく》が普通の人よりもさらに敏感《びんかん》になっているせいだ。樹さんが「大丈夫」だと判断したなら問題ないだろう。

「よし、じゃあ片付けるとするか」樹さんがバッグからクリーニング済みの靴下を出す。

「ほい、潤平の分」

「ありがとうございます」

受け取り、立ったまま沓脱《くつぬぎ》スペースで靴下を履《は》き替える。清掃済みの現場を汚さないための工夫だ。

ちなみに、汚損のない現場で靴下を替えるというのは樹さんのアイディアだ。依頼人《いらい》が感じる不快感《ふかいかん》を少しでも軽減できるように、という発想から自主的に始めた取り組みだったが、今は会社のすべての作業員に義務付けられている。取り入れる価値《かち》があると会社が判断したわけだ。

目つきは悪いし、耳たぶにはピアスの痕《あと》があるし、口調が荒っぽくなる時もあるが、樹さんは気配りのできる人だ。僕と同じ、まごころクリーニングサービスのアルバイトという立場だが、営業職で重宝《ちょうほう》されるタイプなのではないかという気がする。

靴下を履き替え、リビングへと向かう。近づくにつれ、ヴヴヴという重低音が聞こえ始める。オゾン発生器の作動音だ。

リビングのドアを開けようとしたところで、「ゆっくりな」と樹さんに声を掛けられた。はい、と頷《うなず》き、ドアノブを摑んで引き開ける。

部屋の広さは約十帖《じょう》。左手にキッチンがあり、正面にベランダに出るガラス戸が並んでいる。すでに家具は搬出《はんしゅつ》済《ず》みなのでがらんとしていた。

入ってすぐのところには、黒い粉末が半径二メートルほどの半円形に撒かれている。

活性炭だ。和歌山県で作られた備長炭《びんちょうたん》を粉にしたもので、目には見えない微小な穴が匂い分子をキャッチすることで、消臭効果を発揮《はっき》する。

その黒い半円の向こう、殺風景な部屋の中央と四隅《よすみ》に、合計五台のオゾン発生器が設《せっ》置《ち》してある。

装置の大きさは家庭用のプリンターと同じくらいで、重さはおよそ五キログラム。本体は金属製で、持ち運びできるように上部に取っ手が付いている。家庭用の一〇〇ボルトのコンセントに繋《つな》いで使用でき、空気中の酸素《さんそ》分子を取り込んでオゾンを発生させる機能がある。ちなみに、酸素ボンベから高純度の酸素を注入すれば、より高い濃度のオゾンを作ることもできる。

酸素ボンベが不要で、かつ持ち運びが容易《ようい》という手軽さから、そこまで汚損がひどくない現場ではこのタイプのオゾン発生器を使うことが多い。今回もうまくいったようだ。こうして部屋に入ってもほぼ無臭に近い。

オゾンの化学式はO_3で表される。空気中に当たり前に含まれる酸素分子がO_2なので、それに酸素原子が一つくっついている、ということになる。文字にすると違いはわずかだが、その酸素一個で性質はがらりと変わる。

O_2を男女の恋人に喩《たと》えるとすれば、O_3はそこに男が一人紛《まぎ》れ込んだ三角関係、という風に表現できる。非常に不安定な状態であるため、オゾンはなるべく早く元のO_2に戻りたがる。余計な酸素をどこかに押し付けたくて仕方ないのだ。

その働きによって、匂い分子には酸素原子がねじ込まれ、化学的に不安定にさせられる。不安定になった分子はさらに分解していき、最終的には無臭の小さな分子に落ち着く、というのがオゾンによる脱臭の基本的なメカニズムだ。

「問題なさそうだな。じゃ、装置を片付けておいてくれ。道具を取ってくるからよ」

樹さんが軽く僕の肩を叩《たた》き、いったん部屋を出る。活性炭を掃除するための道具は外廊下に置いてある。

活性炭を踏まないように軽くジャンプして飛び越える。オゾン発生器のスイッチを切り、コンセントからプラグを抜いた。

「よいしょ、っと」

部屋の隅のオゾン発生器を中央に移動させる。僕は女性に間違われるほど小柄《こがら》だが、以前よりは重いものを持っても疲《つか》れなくなってきた。ここ数カ月のジム通いの効果が出てきたのかもしれない。

「……風間《かざま》さんのおかげなのかな」

オゾン発生器を運びながら、僕は呟いた。ジムでの僕のトレーニングプランを考えているのは風間さんだ。体に負担を掛けずに、なるべく短い運動で高い効果が出るように工夫してくれているらしい。

といっても、風間さんはスポーツジムのインストラクターではない。彼は分析科学《ぶんせき》のスペシャリストであり、東京科学大学という大学で准教授をやっている研究者だ。なぜそんな人物が僕のトレーニングの管理をしているのか。そうなるまでの経緯《けいい》には、さっき触れた、嗅覚に関する「特殊な事情」が深く関わっている。

僕には、ある特異体質が備わっている。それは、「死臭が食材の匂いに感じられる」というものだ。匂いのタイプは、亡くなった方の年齢《ねんれい》や性別、死の状況によって変化する。なお、僕にとってはもはや悪い匂いではないので、死臭のことを「死香《しこう》」と呼ぶようにしている。

ちなみに、すでにかなり薄まってはいるが、この現場にはぶどうジュースの死香が漂っている。

特殊清掃という仕事をする上で有利になる体質だが、一方で致命的な――比喩《ひゆ》ではなく――問題点があった。死香を嗅ぎすぎると、その食材の匂いがひどい悪臭に変化してしまうのである。例えば、チョコレートの死香を何度も嗅ぐと、実物のチョコレートの方が臭くて食べられなくなる、といった具合だ。今までに、米やダシ、カレーなど、頻《ひん》繁《ぱん》に口にするものがいくつもアウトになっている。

なぜそんな逆転現象が起きているのか分からないが、生活をする上では非常に困る副作用だ。

この問題をなんとか解決したい。心の底からそう願っていた僕は、ひょんなことから風間さんと知り合いになり、死香の謎《なぞ》を解くための協力関係を築くことになった。

風間さんは研究者として、死香に対して並々ならぬ関心を抱いている。だから、いつも親身になって僕のことを考えてくれるのだ。いささか過保護なところはあるが、公私にわたって風間さんにはお世話になっている。

そんなことを思い返しながら作業をしていると、ちりとりとホウキとハンディクリーナーを手にした樹さんが戻ってきた。

「じゃ、掃除を頼む。俺はオゾン発生器を運ぶからよ」

「了解です」

ホウキとちりとりを受け取り、活性炭を掃き集める。回収した活性炭をゴミ袋に捨てる、を何度か繰《く》り返《かえ》すと、床には細かい粉が残るだけになった。それをハンディクリーナーで吸い取り、念のためにアルコール入りのウェットティッシュで拭《ふ》く。これで作業は完了だ。

ドア付近のフローリングに、目立った染みはない。遺体は腐敗していたものの、体液の漏出《ろうしゅつ》はそこまで多くはなかったからだ。床板に体液が染み込むと、もう清掃は不可能だ。洗剤でどれだけ洗っても匂いが取れなくなる。活性炭やオゾン発生器でもどうにもならないので、フローリングを張り替えることになる。

最後に樹さんと共に室内を見回り、問題がないことを再確認して部屋をあとにした。ひとまず、ここでの作業はこれで終わりだ。マンションの管理会社の担当者が後日現場を確認する手はずになっている。そこで「まだ臭いを感じます」ということになれば、再度活性炭とオゾン発生器を使うことになるが、たぶん大丈夫だろう。

冷たい風が吹く外廊下を樹さんと二人で歩く。

エレベーターに乗り込んだところで、「新しい家はどんな感じなんだ？」と樹さんに訊かれた。

「え？　あ、えっと、だいぶ慣れてきました」と、僕はエレベーターの階数表示板を見つめながら答えた。鼓動《こどう》が速くなっている。あまり触れられたくない話題だ。

引っ越しをしたのは昨年の十二月で、そのことは他人には伏《ふ》せるつもりでいた。ところが、郵便物《ゆうびんぶつ》の転送手続きを失念していたせいで僕宛ての年賀状が送り主のところに戻ってしまい、それで何人かに引っ越しのことを知られてしまったのだった。

「なんで引っ越したんだ？　全然そんな話題は出てなかっただろ」と樹さん。

「そうですね。契約《けいやく》の更新手続きがうまくいかなくて」と僕は頭を掻いた。「フリーターという立場なので、それで敬遠《けいえん》されたのかもしれません。家賃《やちん》はちゃんと毎月払っていたんですけどね」

「そんなことあるのか？」と樹さんが怪訝《けげん》そうな表情を浮かべる。

「まあ、家主《やぬし》さんにもよるんじゃないですか」

言葉を重ねるたびに胸が痛む。さっきから僕は嘘《うそ》を並べ立てている。

そこでエレベーターが一階に到着した。かごを出たところで、「実は俺も引っ越しを考えててよ」と樹さんが言った。

「え、そうなんですか」

「ああ。俺が彼女の家に転がり込む形で同棲《どうせい》を始めたんだけどさ、半年も経《た》つと物が増えて手狭《てぜま》になってきたんだよな」

樹さんは交際中の彼女と同棲している。話題が樹さんのことに移ったことにホッとしつつ、「彼女さんの部屋はどんな間取りですか？」と僕は尋《たず》ねた。

「六帖と四帖半の二間続きだよ。間取りとしては2Kになるのかな。引っ越すなら1DKか、できれば2DKにしたいんだよな」

「なるほど。いいんじゃないですか。やっぱり広い方が何かと便利ですし」

「だよな。で、条件を絞《しぼ》って不動産屋に当たってるんだけど、いい物件がなくてさ」と樹さんが口を尖《とが》らせる。「潤平は今の部屋をどうやって見つけたんだ？」

また話題がこちらに戻ってきた。背中にじわっと汗が滲《にじ》む。僕は表情を変えないように、「風間先生に紹介してもらいました」と答えた。

これは、半分は本当のことだ。

「ああ、なるほどな。あの人ならあちこちに顔が利《き》きそうだな」樹さんが納得顔《なっとくがお》で言う。

「風間計器《けいき》の役員なんだよな？　あの、大企業の」

そうです、と僕は頷いた。父親が風間計器という分析機器メーカーの社長をしている関係で、風間さんはその会社の役員を務めている。ちなみに昨年度の風間計器の年間売上高は、二千億円を超えている。

「俺にもいい物件を紹介してくれねえかな……って、さすがにこれは虫が良すぎるか」

「話すだけ話してみましょうか。別にそれで嫌な顔をされることはないと思います」

「お、マジか。そうしてもらえると助かるわ。一月ももう半ばだろ。二月に入るとますます物件が見つかりにくくなるだろうからさ。早くケリをつけたいんだよ」

「じゃあ、空《あ》き時間にメールでも……」

そんな話をしながらマンションを出た瞬間、作業着のズボンに入れてあったスマートフォンが振動《しんどう》した。着信だ。

「ちょっとすみません」と断ってスマートフォンを取り出す。なんとなく予感はあったが、やはりという感じだった。画面《がめん》には風間さんの名前が出ていた。

「風間先生からです」

「噂《うわさ》をすればなんとやら、だな。出ていいぜ。予定より早く作業が終わったから時間には余裕《よゆう》があるしさ」

「じゃあ、お言葉に甘《あま》えて」

樹さんから離れ、ひと気《け》のない自転車置き場に移動してから電話に出る。

「風間だ」

低い、落ち着きのある声が僕の鼓膜《こまく》を震わせる。風間さんの声はいつでも同じトーンだ。彼の冷静沈着《ちんちゃく》な振る舞いが声にも表れているような気がする。

「どうも、お疲れ様です。なんていうか、ちょうどいいタイミングでした。風間先生に相談したいことがありまして……」

「桜庭《さくらば》くん。悪いが、あとにしてもらえないか」

僕の話を遮《さえぎ》るように風間さんが言う。その強引さで僕は彼の用件を察した。

軽く息をつき、「サンプル採取《さいしゅ》ですか」と訊く。

「そうだ。先ほど、警察から連絡《れんらく》があった。今、君の作業現場に向かっているところだ。あと十五分ほどで到着するが、合流できるかね？」

僕は風間さんと、「死香の研究に積極的に協力する」という契約を結んでいる。その契約は強制力を伴うものだ。「合流できるか？」という疑問形ではあるが、実質的には「合流するぞ」という宣言に他ならない。無理です、と断ったりしたら、風間さんは躊《ちゅう》躇《ちょ》なく僕のところにやってきて、そして体を抱え上げてでも自分の車に乗せようとするだろう。風間さんはマジでそういうことをする人だ。

人前で拉致《らち》されたりしたら、警察沙汰《ざた》になりかねない。僕はため息を呑《の》み込み、「分かりました。お待ちしています」と言って通話を終わらせた。作業パートナーの樹さんや会社には悪いが、今日は早退させてもらうことにしよう。

「……不動産の件、忘れないようにしなきゃな」

僕は心に刻み込むように呟き、事情を説明すべく樹さんの待つ駐車場《ちゅうしゃじょう》へと駆け出した。

3

仕事を早抜けする都合をつけ、僕は徒歩《とほ》で作業現場のマンションを離れた。

最近、僕は常に周りを警戒するようになった。少し前に、何者かにスプレーを吹き掛けられるというトラブルがあり、その際に一時的に嗅覚が麻痺《まひ》してしまったからだ。

その件では、風間さんにも多大なる心配を掛けることになった。一人で出歩く際は、なるべく人通りの多い道を通るように、と風間さんに厳命《げんめい》されている。二度と同じミスをしないように気をつけなければ。

そんな風に辺りを見回しながら、僕はマンションから徒歩二分のコンビニエンスストアに到着した。

駐車場で待つこと五分。漆黒《しっこく》のレクサスが入ってくるのが見えた。運転しているのは、いつもの男性だった。ちょび髭《ひげ》を生やしていて、スーツに制帽《せいぼう》、真っ白な手袋という格好《かっ》をしている。いつ見ても年齢不詳だ。さすがに三十代ではないだろうが、六十二歳です、と言われても納得してしまうだろう。

車は僕の目の前ですっと停車した。すぐさま後部座席のドアが開く。そこに風間さんが座っていた。

見事にフィットした細身の黒のスーツ。きっちりと整えられたオールバックの髪と、フレームレスの眼鏡《めがね》。静謐《せいひつ》さをたたえた切れ長の目と、高貴さを漂わせるまっすぐな鼻《び》梁《りょう》。今朝も風間さんはバッチリ「決まって」いる。

考えてみれば、風間さんがだらしない格好をしているところを見た記憶《きおく》がない。いつ会ってもスマートで、男の僕から見ても惚《ほ》れ惚《ぼ》れするくらいカッコいい。

その印象は、ルームシェアが始まってひと月が経とうとしている今も変わらない。オフの時も風間さんはシャツとスラックスという服装をキープしており、三六〇度どこから見ても完璧《かんぺき》だ。さすがに寝る時はリラックスした服装に着替えているとは思うが、パジャマ姿はまだ見たことがないので分からない。

――そう。実は僕の引っ越し先というのは、風間さんのマンションなのだ。渋谷《しぶや》駅にほど近い3LDKのマンションの一室を借りて住まわせてもらっている。ちなみに賃貸《ちんたい》ではなく、風間さんが所有している物件である。

先のスプレー事件で、僕に危害を加えようとしている人間がいることが明らかになった。そこで身の安全を守るべく、セキュリティのしっかりした風間さんのマンションに引っ越したのだ。正確には、僕の知らないところですべての手続きが進んでいたので、「引っ越した」というより「連れて来られた」という感じではあるが。

そんな感想を心に仕舞い、僕は風間さんの隣に座った。「おはようございます」は家で言ったので不要だ。

「すまないな、急に仕事を抜けさせてしまって」

車が走り出すと同時に風間さんが言う。その目は僕の顔をじっと見つめている。

「いえ、大丈夫です。実は、うちの会社ではよくあることなんです」

「どういう意味だね？」

「長く勤めている人でも、体調によっては作業中に気分が悪くなることがあるんです。そういう時は無理をせずに早退して、別の作業員と交代する決まりになっているんですよ。だから、割とスムーズに早引けできました」

「なるほど。死に付随《ふずい》する匂いは、それだけ慣れがたいということか」

「そうみたいです。だから問題ありません」と僕は頷いた。「それより、今日の作業現場について教えてもらえませんか。殺人事件が起きた場所なんですよね」

「ああ。場所は多摩川の河川敷だ。遺体は今朝発見された。そこに住んでいたホームレスの男性が殺された。年齢は三十代後半と聞いている」

多摩川というワードに、僕は思わず「またですか」と口走った。去年の八月から九月にかけて関わった殺人事件では、遺体はバラバラにされ、多摩川に遺棄《いき》された。

「同じ河川敷でも、今回はずっと下流だな。住所で言うと大田区《おおた》になる。川を挟《はさ》んだ先には、川崎市《かわさき》の中心エリアがある」

「そんなところに人が住んでいるんですね」

「そのようだな。ひと頃よりは減ったそうだが」

風間さんは一切の感情の起伏《きふく》を見せずに淡々《たんたん》と言う。そういう、「定住地を持たない人たち」に対して嫌悪感《けんおかん》を抱いている様子はまったくない。

「死因は分かっているんですか」

「暴行を受けたことによる外傷性《がいしょうせい》ショックだそうだ。腹部を蹴《け》られた際に内臓から出血し、それが血圧の急激な低下をもたらしたと聞いた。どうやら被害者《ひがいしゃ》に暴行を加えた犯人は一人ではないようだ。現場から複数の足跡が見つかっている。いわゆるリンチ殺人だろう」

「……ホームレス狩《が》り、でしょうか」

路上生活者を大した理由もなく一方的に敵視し、集団で攻撃する――そんな事件は時々起きている。特殊清掃でそういった現場を受け持ったこともある。

社会的弱者を標的にしたストレス解消。それが今回の事件の動機なのだろうか。殺人の動機に良いも悪いもないが、なんというか、やりきれない気分にさせられる。

事件のことを想像していると、「また、いつもの癖《くせ》が出ているな」と風間さんに指摘《してき》された。

「いつもの……？」

「事件について感情移入し始めているように見える。違うかね？」

「……いえ、その通りです」と僕はため息をついた。「気にしても仕方ないと分かっているんですけど、勝手にあれこれ考えてしまって」

「別に責めるつもりはない。他者の心情を思いやって寄り添えることは、君の持つ美点の一つだ。それを無理に捨てるべきではない」

風間さんは僕の目を見つめながらそう言ってくれる。

「ありがとうございます」と僕は笑みを浮かべてみせた。

「ただ、たとえ美点であっても、自分の感情をコントロールすることは必要だろう。のめりこみすぎると、あとで苦しい思いをするかもしれない。どうか、そのことを忘れないでくれ」

「分かりました」

精神の不安定は体調の不調に繋がり、死香を感知する能力に支障《ししょう》が出る恐れもある。自分を律《りっ》することを意識しなければ。

事件の資料を読みつつ車で移動すること五十分。僕たちは事件現場である河川敷にやってきた。

車を降《お》り、階段で堤防を上がる。空は薄曇《うすぐも》りで、首をすくめたくなるような冷たい風が吹いていた。

堤防に近い側は整備されていて、公園やサッカーグラウンドになっている。だが、川に近い辺りには木立や雑草の生い茂ったエリアがあり、ちらほらと小屋らしきものが見える。

「あの辺りだな。行こうか」

そう言って風間さんは堤防を降りていく。彼は黒いスーツの上から白衣《はくい》を羽織《はお》り、手には銀色のアタッシェケースを持っている。風間さん愛用《あいよう》のそのケースには、サンプル採取に必要な道具が詰《つ》まっている。

彼のあとを追っていくと、河川敷の公園の隅にコートを着た男性の姿があった。丸い頭と、側頭部にだけ残った黒い髪。離れていても、その特徴的な髪型を見れば誰だかすぐに分かった。曽根《そね》さんだ。

川の方を見ていた彼が、こちらを振り返る。離れた二つの目と小さな鼻。曽根さんは、ゆるキャラっぽさを感じる、とても親しみやすい顔立ちをしている。しかし、彼は警視庁刑事部に所属《しょぞく》する現役の刑事で、分析研究係に籍《せき》を置いている。この係は死香を犯罪捜査に活用することを目的に設立されたもので、風間さんの活動を積極的にサポートしてきた。だから、まだ遺体発見から半日も経っていない現場に足を踏み入れられるというわけだ。

「ああ、どうも。すみません、またこんなところで」

曽根さんが苦笑しながら挨拶《あいさつ》する。以前に関わったバラバラ殺人事件でも、こんな風に曽根さんが現場の案内役を務めていた。彼もきっと、その時のことを思い出していたのだろう。

「問題ありません。サンプル採取を望んだのはこちらですから」と、クールに風間さんが言う。「屋外における臭気分析は難題ですが、逆に分析技術を進歩させるチャンスでもあります。ぜひ積極的に取り組みたいと思っています」

「非常に心強いですな。では、参りましょうか」

曽根さんが先頭に立って歩き出す。

「鑑識《かんしき》作業は終わっていますか」と僕は尋ねた。

「遺体の周囲は完了しています。今は被害者の家……いや、ねぐらと言うべきですかね。そちらで作業をしています。どうも被害者は就寝中《しゅうしんちゅう》に投石を受けたようなんです。それで外に逃《に》げ出したところを捕まったんでしょう。そのあと、草むらに連れ込まれて石で殴《なぐ》られ、靴で蹴られ……ひどいもんです」

曽根さんは時々振り向きながらそう説明した。

「どんな理由があったんでしょうね、いったい」

「さあ、今のところは何とも」

曽根さんが首を振り、前を向く。と、そこで風間さんが僕に近寄ってきた。

彼は僕の耳元に唇《くちびる》を寄せると、「感じるか？」と訊いた。

「ええ、割とはっきりと」と僕は小声で答えた。今日の現場は、干し椎茸《しいたけ》の匂いが漂っている。より詳しく言うと、水で戻した干し椎茸を煮《に》た匂いがする。煮物などに入っているやつだ。

死香には、亡くなってからの時間が短い方が香りが強い、という性質がある。これは嗅覚の仕組みから考えると不思議ではある。肉体の分解が始まるのは生命活動が停止してからで、いわゆる死臭と呼ばれる嫌な匂いが徐々に発生する。単純に言えば、腐敗が進めば進むほど匂いも強くなる。それにもかかわらず、死香は死の直後から明確に匂う。そして、腐敗と共に別の匂いに変わっていく。

その理由についてはまだ研究中だが、どうやら僕は死に伴って発生する微量物質を嗅ぎ取っているらしい。それは腐敗臭の成分とは違っているようだ。

これは、昆虫《こんちゅう》が分泌《ぶんぴつ》するフェロモンに喩えられるかもしれない。昆虫フェロモンは揮発性《きはっせい》の高い化学物質で、ごく微量でも昆虫の行動に強く影響《えいきょう》する。死香も同じようなメカニズムなのではないか、というのが今の時点での風間さんの仮説だ。

これは僕の妄想《もうそう》なのだが、ひょっとすると原始人はその微量な死の香りを嗅ぎ取る力を持っていたのではないだろうか。進化によってその能力は失われたが、何らかのきっかけでまた目覚める場合もある——そんなことを寝る前に考えたりする。

しばらく歩いたところで、「あそこです」と曽根さんが足を止めた。

彼は二〇メートルほど先の草むらを指差している。枯れたススキが密集している様子は、清掃に使うブラシを連想させた。

そういう風にススキが固まって生えている場所はいくつかある。それ以外のところは小石の多い、砂っぽい地面が広がっていた。

「ご案内ありがとうございました。ここからは我々《われわれ》だけで作業させていただけますか。人が増えれば、それだけ不要な臭気成分が混ざりますので」

風間さんの要求に、「承知しました」と曽根さんは迷うことなく了承した。「河川敷の駐車場に車を停めているので、いったんそちらに戻ります。何かあればスマホを鳴らしてください。では」

曽根さんが、軽く会釈《えしゃく》して去っていく。

「では、サンプル採取を始めるとしよう！」

声高らかに宣言すると、風間さんは勢いよくアタッシェケースを開けた。中から、五〇〇ミリリットルのペットボトルほどの大きさの注射器を取り出す。これで現場の空気を採取するのだ。

サンプルを集める時の風間さんの表情はとても生き生きとしている。大きなカブトムシを見つけた時の少年のように瞳《ひとみ》が輝《かがや》いているのだ。常に完璧なクールさをキープしている彼が、唯一《ゆいいつ》人間らしい興奮《こうふん》を見せる瞬間だ。

風間さんの邪魔《じゃま》をしてはいけない。僕は彼から少し距離を取り、自分の仕事――死香を嗅ぎ取る作業をスタートさせた。

まずは軽く辺りを見渡《みわた》してみる。

細かい枝が四方に伸びた、高さ二メートルほどの木があちこちに生えている。アフロヘアーのようなその木の陰《かげ》に、ビニールシートとベニヤ板、段ボールなどを組み合わせて作った粗末な小屋がいくつか見えていた。そのうちの一軒が、今回の被害者の家なのだろう。ちなみに被害者の氏名はまだ分かっていないが、河川敷で暮らす人たちからは「ケンタロウ」と呼ばれていたそうだ。

状況確認を済ませ、深呼吸をしてから、遺体のあった草むらへと歩き出した。

何度もこういう状況を経験しているが、人が亡くなったばかりの場所に近づく時は緊《きん》張《ちょう》する。死香をちゃんと嗅がなければという重圧も多少は感じるが、それよりやるせなさの方が強いと思う。ここで起きたのは殺人事件だ。人生が唐突《とうとつ》に断ち切られた場所だと思うと、どうしても亡くなった人の無念や苦しみを想像してしまう。まさしく、風間さんの指摘した僕の癖だ。

ただ、緊張を和《やわ》らげる方法はある。僕は草むらのすぐ目の前で立ち止まり、両手を合わせて目を閉じた。うつむき、故人の冥福《めいふく》を祈っているうちに、少しずつ気持ちが落ち着いてくる。それと同時に、よりはっきりと死香を感じるようになってきた。

「……よし」

小さく呟き、僕は足を踏み出した。

ススキをそっと掻き分け、中を覗く。最初に目に飛び込んできたのは、地面に残された血痕《けっこん》だった。砂っぽい土に染み込んではいるが、かなりの出血があったことが窺《うかが》えた。被害者は石で殴打《おうだ》されていたという。たぶん、頭部から流れ出た血だろう。

血を見て気分が悪くなることはないが、だからといって気持ちのいいものでもない。僕は目を閉じ、嗅覚に意識を集中させた。

干し椎茸の死香は狭い範囲《はんい》に集中していた。被害者は暴力から少しでも身を守ろうと、羊水《ようすい》に包まれた胎児《たいじ》のように体を縮めていたようだ。

事件の状況が嫌でも頭に浮かんでくる。車中で読んだ資料によれば、死亡《しぼう》推定時刻《じこく》は今朝の午前二時過ぎ。被害者は闇の中で命を落としたのだ。

「……あれ？」

死香を嗅いでいる途中で、僕は小さな違和感に気づいた。わずかではあるが、干し椎茸の死香の中に別の死香が混ざっている。干し椎茸とは明らかに系統の違う匂い……。ケチャップの香りだった。

確認のためにその場にしゃがみ込み、ゆっくりカニのように移動する。

どうも、匂いは草むらの外からやってきたようだ。この場所に近づいた誰かの体に付着していたらしい。

僕は屈《かが》んだ姿勢のまま、ケチャップの死香をたどり始めた。

死香を構成するのは、魂《たましい》や怨念《おんねん》といったオカルト的な成分ではなく、この世に存在する元素から作られた微量物質だ。揮発性があり、匂いとして知覚しやすい一方で、すぐに拡散して薄まってしまう、という性質がある。それゆえ、風雨にさらされる屋外では死香は速《すみ》やかに消えていく。

つまり、こうして匂いとして認識できているということは、ケチャップの死香は地面に付着してからまだそれほど時間が経っていないと推測《すいそく》できる。死香を体にまとった人間が殺人に関わったか、あるいは事件後に現場を見に来た可能性が高い。

そうして地面の匂いを嗅ぎ回っていると、目の前に黒い革靴が現れた。

顔を上げると、風間さんが僕を見下ろしていた。

すっと腰を落とし、「何か嗅ぎ取ったようだな」と風間さんが小声で言った。

僕はしゃがんだまま、「どうやら、別の死香が混ざっているようです」とひそひそ声で答えた。

「それは、もう一つの事件の死香かもしれないな」と風間さん。

「もう一つの？」

「この河川敷では、先月の上旬にも殺人事件が起きていたのだよ。あの橋の下だ」と風間さんが多摩川に架かる橋を指差した。今いる場所から五〇メートルほど下流だ。「殺されたのは七十三歳のホームレスの男性だ。石で頭部を殴られ、命を落としている」

「今回の事件に似ていますね」

「いや、そうでもない。先の事件は単独犯《たんどくはん》によるものだと推測されている。殺害方法も、リンチではなく就寝中の数回の打撃で仕留めている」

「その事件の情報は、いただいた資料にはありませんでしたが」

「不要と判断し、まとめなかったのだ」と風間さんが微《かす》かに眉をひそめた。「当時、警察から事件発生の連絡はあったのだが、いろいろと忙《いそが》しく、サンプル採取の対象にはできなかった」

ひと月前といえば、ちょうど僕の嗅覚トラブルの対応に当たっていた時期だ。サンプル採取に向かう余裕がなかったのは仕方ない。

「そちらも見に行っていいですか」

「無論だ。君が望むのであれば、何の異存もない」

風間さんはそう言って立ち上がると、白衣の内ポケットから銀色のスマートフォンを取り出した。ボディがプラチナでできた特注品だ。

風間さんは手早く操作をして、スマートフォンを耳に当てた。

「風間です。先月の事件について……」

手短に会話を終わらせ、風間さんは僕の方に向き直った。

「曽根刑事から許可を得た。現場の小屋は当時のまま残っているそうだ。さっそく向かうとしよう」

「え、いいんですか。こっちの作業は……」

「殺人事件が立て続けに起きたような場所で、君を一人にするわけにはいかない。こちらの現場のサンプル採取は中断すればいいだけだ」と風間さんは真顔で言う。「感じないか？　さっきから、いくつもの視線《しせん》がこちらに向けられている」

周囲を見回す。言われてみれば、何かこう、気味の悪さを感じる。

「小屋の陰に潜み、こちらを窺っている人間がいる。それも一人だけではない。『住民』とのトラブルが起きる可能性はゼロではない」

「……分かりました。じゃあ、お願いします」

ということで、僕は風間さんと共に高速道路の方へと歩き出した。

事件が起きた小屋は、太い橋脚《きょうきゃく》にへばりつくように作られていた。外壁は段ボールとビニールシートでできていて、壁の一部が壊れて骨組みの木材が見えている。小屋の周囲にはごみでパンパンになったレジ袋がいくつも転がっていた。

「えっと、入口は……」

「そこだな」と風間さんが壁に掛けられた、段ボールと同じ色合いの布を指差す。数枚のバスタオルを養生《ようじょう》テープで止めたそれは確かに入口で、めくると中が見えた。段ボールを敷き詰めた床に、空きビンやぼろぼろのシャツ、プラスチックの食器などが散乱していた。奥《おく》の方にはポリタンクがいくつか並んでいる。公園でそれに水を汲《く》み、生活用水として使っていたらしい。

「遺体はここで発見されたそうだ。血の付いた段ボールは鑑識が持ち帰ったのだろう。見たところ、死を想起させる痕跡《こんせき》はないが……匂いはどうだ？」

「……うーん、何も感じないですね」

壁が壊れているせいで、小屋の中は外気にさらされている。死香が残っていないのは仕方ない。かび臭さや、食べ物由来の腐臭が感じられるだけだ。

だとすると、ケチャップの死香はこの場所から漂ってきたものではない、ということになる。では、いったいどこから来たのだろう？

パターンはいくつか考えられる。
①リンチに関わった犯人たちの中に死香をまとった人間がいた。
②遺体発見者の体に死香が付着していた。
③たまたま、死香が漂っている場所で犯行が行われた。
④現場に近づいた警察関係者、病院関係者の体に死香が付着していた。
⑤被害者自身が死香をまとっていた。
たぶん、この五つのどれかだと思う。

問題は、ケチャップの死香を生み出した死に、事件性があるかどうかだ。

手掛かりを得るためには、もっと詳しくケチャップの死香をたどる必要がある。僕は自分の考えを風間さんに説明し、さっきの現場に戻ることにした。

少し雲が出てきた。到着した時より薄暗くなっている。気温も若干《じゃっかん》下がったようだ。

風は相変わらず強く吹いていた。この付近は川が蛇行《だこう》しながら流れている。それに合わせて堤防が作られているせいか、風向きが安定しない。向きを変えながら強まったり弱まったりする風のせいで髪が乱れて仕方ない。

一方、隣を歩く風間さんの髪には一本の乱れもない。それだけきっちりセットしている証拠だろう。

屋外のサンプル採取に同行する時は、帽子《ぼうし》でも被《かぶ》るようにしようかな……。

そんな考えが脳裏をよぎった時、ふっと鼻先をケチャップの死香がかすめた。

僕は慌《あわ》てて立ち止まり、風の吹いてきた方向に目を向けた。

枯れたススキの向こうに、木の柵が見える。柵の高さは大人の腰ぐらいで、板には何の塗料も塗られていない。

その場で何度も匂いを嗅いで確かめる。ケチャップの死香はそちらから漂ってきているようだ。

……まさか、あそこに別の遺体が……？

不穏な想像に心拍数《しんぱくすう》が速くなる。

「どうした？」

先を歩いていた風間さんが振り返る。

「……死香は向こうから香っているようです」

「遺体が埋《う》まっているのか？」

「……一瞬そうかなと思いましたけど、違いますね。そこまで強くはありません」と僕は言った。

落ち着いて考えてみれば、僕の想像は誤《あやま》りだ。もし遺体があれば、河川敷に到着した時点で気づいていたはずだからだ。

遺体そのものの死香は強烈だ。嗅覚のみならず、視覚にまでも作用して、光の粒《つぶ》となって僕の目に映し出される。それを見逃すことはありえない。

「そうか。ここであれこれ考えるより、『鼻で確かめる』方が確実だな」

「はい」と強く頷き、僕は再び歩き出した。

柵の向こうは畑になっているようだ。緑色の葉が整然と並んでいるのが見える。

草むらの中に、獣道《けものみち》のようにススキが倒れているところがある。誰かが定期的に畑の手入れをしているのだろうか。

柵に近づくにつれ、ケチャップの死香は強くなっていた。ドキドキしつつ、草むらの中を進んでいく。

畑を見た最初の感想は「結構、立派《りっぱ》だな」というものだった。さほど広くはないが、周囲の地面と土の色が違う。河川敷の土は白っぽいが、ここは濃い褐色《かっしょく》をしている。

植えられているのは大根だった。土の外に出ている部分を見ただけで出来の良さが分かる。きっと、どんな調理法を選んでも美味《おい》しくなるだろう。

「死香の具合はどうだ？」

畑を見下ろしながら風間さんが訊く。

首を左右に動かして匂いを嗅いでみる。ケチャップの死香は畑から匂う。しかもかなりの広範囲だ。畑全体から匂いが立ち上っていた。

「……こういうのは初めてですね」と僕は頭を掻いた。リュックサックや本など、特定の物体に死香が付着していたことはあるが、同じ匂いがこれほど広い範囲から香っていたことはない。

嗅いだままを説明すると、風間さんは顎《あご》をひと撫《な》でして、「ふむ」と呟いた。「逆に考えてみよう。どういう状況になれば、広い範囲で香るようになるだろうか」

「遺体を土の上で転がす……」と言いかけて、すぐにありえないと気づく。畑にはそんな痕跡はない。

「違いますね。遺体を埋めた穴の中の土を持ってきて撒いた、とかでしょうか。それならありうるかもしれません」

「なるほど。では、この場所でもサンプル採取を行うとしよう。空気と併《あわ》せて土壌《どじょう》も採取すべきだな」

風間さんがアタッシェケースを開こうとした時、「――誰だ」と鋭い声が聞こえた。

そちらに目を向けると、草むらの手前に男性がいた。髪やひげは伸び放題で、白いものが混ざっている。顔や首の皮膚《ひふ》は黒ずみ、無数の染みが浮いていた。年齢は六十歳を超えているように思う。彼は汚れたジャンパーを着ていて、右手に布袋を持っていた。そして、全身から汗と垢《あか》の混じった異臭《いしゅう》を漂わせていた。

その臭いの中にケチャップの死香を感じ取り、僕は警戒心《けいかいしん》を持った。

「……先生。この人から匂います」

「そうか」と風間さんが僕の前に立つ。

「我々は警察の捜査に協力している者だ。河川敷で発生した殺人事件に関する調査のため、気体や土壌の採取を行っている」

　風間さんは堂々とそう説明し、「そちらは？」と男性に鋭い視線を向けた。

「……俺はこの畑の持ち主だ」

　男性は視線を逸《そ》らしながらもごもごと答えた。

「それは正確な表現ではない」と風間さん。「河川敷は国有地だ。あなたはその一部を勝手に利用しているにすぎない」

「……細かいことはどうでもいいだろうが」

「あの」僕は風間さんの隣に並びつつ、男性に声を掛けた。「この畑の土は、どこから持ってきたんですか」

「買ったんだよ、ホームセンターで」

「どこの店舗《てんぽ》ですか？」

「堤防の向こうにある」と男性は面倒くさそうに答える。「俺は膝が悪いから、一度に大した量は運べない。これだけの土を揃《そろ》えるのに一年近く掛かった」

　男性の話が本当なら、土そのものに死香成分が含まれているという説は成り立たなくなる。

どういうことだろうと首をかしげたところで、「あんたら、何を気にしてるんだ」と男性が訝《いぶか》しげに言った。

「端的《たんてき》に言えば、あなたが何らかの死に関わっているのではと疑っている」

風間さんが男性をまっすぐに見据《みす》えながら明言する。

「……昨日の事件か？　俺はやってない」

「そちらではない。先月に起きたもう一件の方はどうだね？」

「そっちも関係ない」

男性が顔をしかめて手を振る。その拍子に右手に持っていた袋が地面に落ち、中身がこぼれ出た。その瞬間、ケチャップの死香が一気に強くなった。

袋に入っていたのは、黄土色《おうどいろ》の細かい粉末だった。「あ、それです！」と僕は思わずその粉を指差していた。

風間さんがすかさず、「それは何の粉末だ？」と質問する。

「これか？　これは肥料だ」

男性は軍手を嵌めた手でこぼれた粉を摑むと、こちらに差し出してみせた。

「肥料といっても様々だ。材料は？」

「そこらの枯れ草に鶏糞やら魚粉やらを混ぜて、二カ月ほど発酵《はっこう》させたものだ。俺独自の配合だ。……臭いだろう？」

「積極的に嗅ぎたいとは思わないな」と風間さんが眉根《まゆね》を寄せる。

どうやらこの粉は、かなりきつい臭いがするようだ。ただ、僕の鼻にはケチャップの匂いにしか感じられない。

「少しだけその粉をいただけませんか」と僕は言った。

「構わんよ。好きなだけ持っていけ」

男性はそう言って手の中の粉を地面に落とすと、僕たちに背中を向けた。

「どこへ行くのかね」

「畑の手入れをするつもりだったが、どうやら今日は邪魔が多いようだ。静かになってから落ち着いてやる。時間はいくらでもあるからな」

男性はそう言い残すと、足を引きずりながら去っていった。

風間さんはアタッシェケースを開くと、薬《やく》さじとポリ袋を取り出した。

「この肥料が気になるかね？」

「……そうですね。考えたくはないですけど、人の遺体の一部が含まれているかもしれませんし」

「分かった。持ち帰って分析してみよう」粉を丁寧に袋に拾い集め、風間さんは立ち上がった。「気体の採取も行う。君は自由に行動していてくれ」

はい、と頷き、僕は風間さんから離れた。

「肥料、か……」

初めて遭遇するこの状況をどう理解すればいいのだろう。僕はじっくり考えながら、風間さんの作業を見守った。

4

二日後。僕は午前七時過ぎに目を覚ました。

風間さんが用意してくれたキングサイズのベッドを降り、遮光《しゃこう》カーテンを開ける。ガラス戸の向こうに、冬曇りの空が見える。今日も外は寒そうだが、室内は心地のいい温度に保たれていた。

軽く伸びをして、僕は室内を見回した。

まっさらな白い壁の、十五帖の部屋。広々とした空間の隅に、ひと目で安物だと分かる、プラスチック製の衣装ケースやパイプハンガーが置いてある。前の家から持ってきた僕の私物で、もう何年も使っているものだ。

風間さんの家に連れて来られてからひと月が経つが、起床した直後の違和感にはまだ慣れない。なかなか「住んでいる」という実感が湧《わ》かないのである。旅行先に家具を持ってきたような感覚だった。

風間さんの家に住まわせてもらっているのは、安全のためだ。その理由は納得できる。ただ、ずっと風間さんの世話になるのはあまりに情けない。今の僕は家賃を払っていないのだ。完全な居候《いそうろう》だ。身の危険がないと判断できたら、なるべく早く出ていこうと思っている。

部屋に対する違和感はこのままでいい。この立派すぎる部屋は、僕にとっての仮住まいなのだ。それを忘れてはいけない。

寝起きの頭でいろいろ今後について考えつつ、着替えを済ませる。今日は特殊清掃の仕事ではなく、大学での秘書のアルバイトの日だ。大学に顔を出す日は、普段よりは若干フォーマルな格好をするように心掛けている。今日は灰色のタートルネックのセーターに、スリムな黒のスラックスにした。

部屋を出たところで、リビングダイニングの方から焼き立てのパンの香りが漂ってきた。風間さんはいつも、僕より早く起きて食事の準備をしてくれる。

何度か手伝いを申し出たことはあるが、「これは私にとって実験の一種だ」と言っていつも断られてしまう。

確かに、彼のしていることは、料理よりは実験に近い。

というのも、僕は死香の副作用のせいでパンを食べられない体質になり、焼き立ての香ばしい匂いは生ごみのような悪臭に変わっている。

それを克服《こくふく》するために、風間さんは僕のための特別なパンを作り出してくれた。パンの死香を綿密に分析し、成分を再現したのだ。十種類ほどの匂い物質を水に溶かし、それを焼きたてのパンに霧吹《きりふ》きで噴霧《ふんむ》している。ちなみに、小麦《こむぎ》の香りがなるべく弱い品種の粉を選ぶ工夫もしているそうだ。

死香を分析し、それを再現することは、風間さんの研究テーマの一つだ。風間さんはどれだけ忠実にパンの死香を再現できるか、日々調整を続けている。

廊下を少し急ぎめに進み、突き当たりのドアを開ける。風間さんは食事用のテーブルのところにいた。赤いエプロンを身につけ、テーブルの中央のかごに焼き立てのロールパンを入れているところだった。

「おはよう。食事を始めるのに最適のタイミングだ」

「おはようございます。今日も美味しそうですね」

「少し香ばしさを強める方向で調整してみた。焦《こ》げ目《め》がついたパンのイメージだな。どうかね？」

「イメージ通りに仕上がっていると思います。いただくのが楽しみです」

「それはなによりだ。では食事にしよう」

僕たちは向かい合わせにテーブルについた。食卓にはロールパンが置かれているが、風間さんはそれを食べずにコーヒーだけを飲む。そうしてくださいと僕がお願いしたからだ。最初の頃は風間さんも僕と同じパンを食べていた。表情は平然としていたが、風間さんの嗅覚は正常だ。パンから漂う悪臭を感じていたはずで、嫌な匂いのするものを無理に食べてもらうのは忍《しの》びなかった。

「いただきます」

手を合わせ、僕はかごから取ったロールパンを自分の皿に載《の》せた。ちぎったパンにバターとマーマレードをつけ、口に運ぶ。風間さんの作ったパンは非常に美味《びみ》だ。まだ嗅覚が正常だった頃に食べたどのパンよりもおいしい。たぶん、小麦粉や水や塩といった材料を徹底的《てっていてき》に吟味《ぎんみ》し、一番いいものを使っているからだろう。

もしこの家から引っ越せば、この最高のパンとも別れなければならない。それは結構辛《つら》いな、と思いながら食事をしていると、「昨夜、肥料の分析が完了した」と風間さんが口を開いた。

河川敷で採取した、ケチャップの死香の肥料のことだ。フランスのミネラルウォーターで口の中をリフレッシュさせてから、「どうなりましたか」と僕は尋ねた。

「非常に興味《きょうみ》深い結果が得られた。あの肥料には、これまでに判明した死香成分が複数含まれていた。匂い成分の組み合わせによって死香は決まる。君がケチャップのようだと感じてもおかしくはない」

「じゃあ、事件性はないと……」

「肥料からは、人間のＤＮＡは検出されなかった。『遺体を切り刻んで混ぜた』という可能性は否定して構わないだろう」

そうですか、と僕は呟いた。殺人事件の解決の糸口にならなかったのは残念《ざんねん》だが、死香に関する新たな事実が判明したことは歓迎《かんげい》すべきだろう。今後は、「死香がする＝人の死とは限らない」ということを頭の片隅に置いておく必要がありそうだ。

気になっていたことが解決し、気分がすっきりした。風間さんの死香の成分に関する説明を聞きつつ、僕は朝食を楽しんだ。


午前九時四十五分。僕は東京《とうきょう》科学《かがく》大学の薬学部の前で黒のレクサスを降りた。

「ありがとうございました」

お礼を言うと、運転手さんは小さく頷いて車を発進させた。

引っ越してからは、風間さんの手配した車で大学に送ってもらっている。ちなみに風間さんは風間計器に用があるということで、僕より三十分ほど早く家を出ていた。

建物に入り、勤務《きんむ》場所である「分析科学研究室」のある三階に上がる。顔見知りの学生さんと朝の挨拶を交わしつつ、教員室にやってきた。出入口のドアの鍵《かぎ》は掛かっていた。風間さんはまだこちらに来ていないようだ。

解錠《かいじょう》して部屋に入る。部屋はやや縦長《たてなが》で、奥に風間さんの席が、手前のドアに近いところに僕の席がある。

席につき、自分のノートパソコンを立ち上げた。

研究室でのアルバイトは水・土曜の週二回。研究室でよく使う定番の試薬の補充《ほじゅう》、筆記用具やファイル類の購入、郵便物の分類、事務に提出する書類の作成などをやっている。研究とは直接関係のない事務作業なので、専門知識は必要ない。もらったマニュアル通りに丁寧に作業するだけだ。

先週の土曜から今日までの間に、それなりに仕事が溜《た》まっていた。それらを順番にこなしていると、午前十時過ぎに風間さんと曽根さんが揃って教員室に入ってきた。風間さんは普段と違う、黒のアタッシェケースを手にしている。

「おはようございます」

立ち上がり、曽根さんに挨拶する。今日はここで、河川敷での事件についての打ち合わせをすることになっていた。

「おはようございます。ちょうど、玄関のところで風間先生と一緒になりまして」にこにこしながら曽根さんが言う。「すぐに始めよう、ということになりました」

「桜庭くん。構わないかね？」

「はい、大丈夫です」

打ち合わせに便利なように、教員室には二台のソファーが置かれている。

「では、そちらへ」

曽根さんと共に、ソファーへ移動する。曽根さんが座るのを待って、僕と風間さんは並んで腰を下ろした。

「先に、捜査の進捗《しんちょく》状況をお伝えします」曽根さんはスーツの内ポケットからメモ帳を取り出した。「まず、基礎的な情報ですが、被害者の身元が判明しました」

「あ、その前にいいですか」と僕はストップを掛けた。

「なんでしょうか」

「あの河川敷では、先月にも殺人事件が起きているんですよね。そちらの情報もあとで教えてもらえますか」

「大丈夫だ、桜庭くん」と風間さんが僕の膝に手を置く。「先の事件についても話してもらえるよう、事前に伝えてある」

「二つの事件の関連性については調査中です。個人的には、何らかの繋がりがあるんじゃないかと思ってます。まあ、ただの勘ですが」

曽根さんは小さく笑って、「では、先日の事件から」とメモ帳を構え直した。

「被害者の本名は、菅尾賢太郎《すがおけんたろう》。仲間内では、下の名前のケンタロウで呼ばれていました。年齢は三十歳でした。彼は埼玉《さいたま》県内の高校を卒業後、プロボクサーを目指してボクシングジムに通っていたそうです。デビューにはこぎつけたものの連敗続きだったようで、二十七歳で引退しています。その後は飲食業や建築関係のアルバイトで食いつないでいましたが、昨年の春からあの河川敷で暮らし始めています。かつての同僚《どうりょう》の話だと、彼はいつもつまらなさそうにしていて、職場で孤立《こりつ》していたそうです」

その話を聞き、人生を懸けるつもりだったボクシングを諦《あきら》めたことで、菅尾さんは生きる意味を見失ったのかもしれない、と僕は思った。

たまに、まごころクリーニングサービスにも元アスリートという人が入社してくる。彼らの多くは怪我《けが》や成績不振が原因で競技を続けられなくなった人たちで、体力はあるのにみんな早々に辞めていく。前向きな気持ちを失った状態でこなすには、特殊清掃の仕事は厳《きび》しすぎるのだろう。

「河川敷に住む人たちとの交流はあったのでしょうか」と僕は尋ねた。

「ええ。菅尾さんと一緒に廃品回収に出掛けていた人はいました。彼はまだ若く、体力もありましたから、『手伝ってくれ』と頼まれることは多かったようです。ただ、そういう仕事以外での交流は少なかったみたいですね。彼と親しかった人間は見つかっていません。年齢が離れすぎていて、話が合わなかったんじゃないでしょうか」

「諍《いさか》いもなかったと」

「そうですね。彼らは互いにマイペースに暮らしていたという印象です。現場の足跡と合致《がっち》する靴の持ち主はいませんでしたし、犯人は部外者でしょう」

「となると、やっぱりホームレス狩りでしょうか」

「そう見なして差《さ》し支《つか》えないかと。というのも、菅尾さんはネット住民から攻撃されていたようなんです」

そう言って曽根さんがタブレット端末を差し出す。そこには、石の上に座って鍋《なべ》から直接食事をする男性の画像が映っていた。

「生前の菅尾さんの写真です。これが、昨年の十一月に匿名掲示板《けいじばん》にアップされていました。その掲示板のタイトルは、『犬を喰《く》うホームレス発見』となっています」

「……犬？　じゃあ、この鍋の中身は……」

菅尾さんは肉片を箸《はし》でつまんで食べようとしている。犬の肉だ、と言われたらそう見えてくる。

「そう断定する証拠はありません。ただ、同じ掲示板に動画もありまして」

曽根さんが手を伸ばし、画面を切り替える。

動画は、一羽の鳩《はと》から始まっていた。河原《かわら》に落ちたパンくずをついばんでいる。そこにさっと手が伸びた。カメラが移動し、鳩の首根っこを摑んでいる菅尾さんの姿が映った。わずか十秒ほどの短い動画だった。

「エサでおびき寄せて、一瞬の隙を狙《ねら》って捕獲《ほかく》する——見事な腕前です」黙って話を聞いていた風間さんが、感心したように呟いた。「おっとりしているように見えて、鳩はなかなか俊敏《しゅんびん》です。普通はこうはうまくいきません」

「菅尾さんは元ボクサーです。引退しても、動体視力は常人以上だったのでしょう」と曽根さん。「どうも、彼は捕まえた鳩を食べていたようです。住んでいた小屋から骨が見つかっています」

「まさしく狩りだったわけですね」

そこで風間さんがタブレット端末を手に取った。

ざっとスクロールして書き込みを読み、「このスレッドでは、徹底的に被害者を叩いていますね」と風間さんはコメントした。

そうなんです、と曽根さんが顔をしかめる。

「鳩を捕獲した動画があるせいで、完全に犬を食べた流れになっています。そして、動物愛護という御旗《みはた》を掲げ、菅尾さんを糾弾《きゅうだん》しまくっています」

僕も書き込みを読んでみた。相手がホームレスという社会的に弱い立場の人間なのをいいことに、誰もが好き勝手なことを書いている。

『モロ原始人じゃん。脳みそどうなってんだよ』『こいつを鍋にして誰か喰えよ』『俺、実家で犬を飼ってるんだけど。犬を食べるような奴《やつ》は死刑でよくね？』

……読んでいて気分が悪くなる投稿ばかりだ。ネットの常とはいえ、よくもここまで攻撃的になれるものだと思う。

「写真や動画を投稿したのは、このスレッドを立てた本人でした。また、要所要所で、『こいつは猫も食べていた』や『近所から飼い犬をさらっていた』のような書き込みをしています。炎上《えんじょう》を継続させるための『燃料《ねんりょう》』ですね。掲示板での晒《さら》し上げはこれが初めてではありません。九月頃から似たようなスレッドがいくつも作られています。おそらく同一人物の仕業《しわざ》でしょう」

メモを見ながら曽根さんが説明する。

「この一連の書き込みの中に、『こいつ、痛い目に遭《あ》わせようぜ』という投稿を繰り返していた人物がいました。スレッド作成者とは別人です。煽《あお》りに反応し、いびつな正義感に凝り固まった人間が仲間を集めてリンチに及んだのではないか——警察はその方向で捜査を進めています」

「なるほど……」

僕はため息をつき、ソファーに背中を預けた。ネットの攻撃が現実での殺人にまで発展する——充分にありうる気がした。

「では、私の方からも一つお伝えしたいことがあります」

風間さんがソファーの前のローテーブルにタブレット端末を置いた。画面には、シンプルな線で描かれた立方体と、それを貫《つらぬ》く一本の線が映っていた。

「これは、被害者の小屋への投石を分析したデータですか」

曽根さんの問いに、「そうです」と風間さんが頷いた。

「ありがとうございます。臭気分析以外のことをお願いしてしまって申し訳ありませんでした」と曽根さんが頭を下げる。

「捜査担当者から『頼んでみてくれ』と言われたんでしょう。いつも現場に立ち入らせていただいているわけですから、協力するにやぶさかではありません」風間さんは淡々と言って、タブレット端末に目を向けた。「この分析を行ったのは私の知人の研究者です。画像解析《かいせき》や数値計算のプロに頼みました」

「へえ、そうなんですね」と僕は言った。よく考えてみれば、僕は風間さんの交友関係をほとんど知らない。何人ぐらい研究者の知り合いがいるのだろう。少し興味がある。機会があれば聞いてみよう。

「重ね重ね、お手数を掛けて申し訳ありません」

再び頭を下げ、「それで、このデータはどう解釈《かいしゃく》すればいいんでしょうか」と曽根さんが先を促《うなが》す。

「興味深い事実が出てきました。ベニヤ板や段ボールに残っていた投石の痕跡を調べた結果、相当なスピードで衝突《しょうとつ》したものが見つかりました。分かりやすく野球のピッチャーの投球に換算《かんさん》すると、一四〇キロメートル毎時に相当します」

「一四〇キロ⁉　とんでもない数値ですな。高校球児だと、強豪校《きょうごうこう》のエースになれるレベルですよ」と曽根さんが石を握る振りをしながら言う。「そこまで行くと、もはや兵器と言っていいでしょう」

「頭部に直撃すれば、命の危険があります。犯人は徒歩、もしくは自転車で現場に来ていたそうですね」

「ええ、少なくとも、車やバイクのタイヤ痕はありませんでした。遠くに車を停めて歩いてきた可能性もありますが、犯人の中には、現場近くに住んでいる人間も含まれていたと見ています」

「それならば、近隣に住む野球経験者を捜すべきでしょう」

「おっしゃる通りですね。すぐに捜査員に解析結果を伝えます」

「臭気分析も進めています。そちらでも進展があれば、積極的に情報提供しましょう」

風間さんはそう言って、僕の方をちらりと見た。自分の話は終わったぞ、ということだろう。

風間さんは基本的に事件の真相には関心がない。あくまで目的は死香のサンプル採取とその分析であり、犯罪捜査に積極的に関わることはしない。

出会った頃はその姿勢に対して「冷酷《れいこく》だ」と感じたこともあったが、今は僕なりに受け入れているつもりだ。風間さんは研究に人生を捧《ささ》げている。それだけの覚悟《かくご》がある人のやることに、部外者があれこれ口出しすべきではない。そう思う。

風間さんには風間さんの考えがあり、僕には僕の考えがある。関わった事件は、できれば解決に導《みちび》きたい。それが僕のスタンスだ。

僕は特殊清掃を通じて、何百という死と触れ合ってきた。その経験が死者の――事件の被害者の無念を晴らしたいという想いに繋がっているのだと思う。

死香は感じ取れなかったが、河川敷ではもう一つ事件が起きていた。そちらもないがしろにしたくない。居住まいを正してから、「先月の事件のことをお話しいただけますか」と僕は言った。

「ええ。現場はご覧《らん》になりましたか？」

「高速道路の橋脚のところにあった小屋ですよね」

「そうです。遺体はその小屋の中で発見されました。被害者の名前は二川博喜《ふたがわひろき》。年齢は七十一歳でした。あそこの河川敷での暮らしは三年程度でしたが、その前は新宿《しんじゅく》でホームレスをしていたようです。元々は料理人だったそうで、立派な食材が手に入った時は、河川敷で暮らす仲間に料理を振る舞ったこともあったらしいです。どちらかと言えば親しまれていたと評価していいかと」

「殺人の動機を持つ人物は見つかりましたか？」

「今のところは、まだ」と曽根さんが首を振る。「ちなみに、二川さんについては、ネットでの炎上騒動は起きていません」

「そうですか……。二川さんの住んでいた小屋を調べたのですが、分析対象になるようなサンプルが見つからなかったんです。被害者の事件当時の衣服や、小屋の中から証《しょう》拠品《こひん》として回収したものを調べることはできますか？」

「希望されるのであれば、担当者に話をしますが……」曽根さんが視線を風間さんの方に向けた。「先生はいかがですか」

「助手がやりたいと言っているのであれば、その気持ちを尊重したい。それが私の考えです。もし可能であれば、サンプルを分析させていただきたい」

「分かりました。では、二、三日中に手配しましょう。まだ捜査中なので保管されている証拠品を持ち出すのは難しいですが、一部であればお渡しできると思います」

「充分です。やるからには最善を尽くすことをお約束しましょう」

今後の段取りを軽く話し合い、曽根さんが「では、これで失礼します」と教員室を出ていく。

二人だけになったところで、僕は風間さんの方に顔を向けた。

「風間先生。ちょっと試《ため》してみたいことがあるのですが」

「君がそう言いだすのではないかと思っていたよ」と風間さんが足を組む。「言ってみたまえ」

風間さんとの付き合いはなんだかんだで一年半近くになる。僕の考えることはお見通しというわけか。なら、遠慮《えんりょ》はいらない。伝えたいことを堂々と伝えるだけだ。

僕は風間さんの目を見つめながら言った。

「現場の近くの住宅街を歩いて、干し椎茸の死香を探したいと思います」

「犯人が近所に住んでいるという推理を自分で確かめたい。そういうことかね」

「そうです。もしうまくいけば、捜査は大きく進展するはずです」

「確かに、成功すれば捜査の手間は省けるだろう。ただ、効率という観点からは到底《とうてい》許可できない。大田区と川崎市の人口は、合計で二百万人を超える。現場の周囲半径二キロに絞っても、数十万人が暮らしているだろう。住宅の数も相当数に上る。歩いて調べ回るにはあまりに途方もない。やめたまえ」

「でも、何もしないわけには……」

「ひとまず、警察の捜査の進展を待つべきだ」と風間さんが僕の言葉を遮った。「容疑者が絞り込まれ、リストアップされてからであれば、実地に死香を確かめるという選択《せんたく》肢《し》を考えてもいいだろう。それまで我慢《がまん》しなさい」

「……分かりました」

僕は早々に自分の主張を取り下げた。以前なら、一人でこっそり死香を探しに出掛けただろうが、今は風間さんに守られている状況だ。勝手に出歩いて迷惑《めいわく》を掛けるわけにはいかない。

「捜査への協力はいったん忘れてもらいたい。それよりも優先したいことがある」

風間さんが、足元に置いてあった黒いアタッシェケースをテーブルに置く。蓋を開くと、クッション材の中に数十本の試験管《しけんかん》が収められていた。

風間さんがそのうちの一本を抜き出す。ガラス製の試験管は一〇センチほどの長さがあり、乳白色の粉が少しだけ入っていた。

「それは……」

「市販されている肥料のサンプルだ。風間計器の試薬倉庫からめぼしいものを見繕《みつくろ》って持ってきた。これを順に嗅いでもらえないか。どの成分が死香に似た匂いを作り出すのか調べたい」

なるほど、それで朝から風間計器に足を運んだわけか。納得しつつ、僕は試験管を受け取った。

僕と風間さんには、共通の大きな目標がある。

それは、僕が再び米を食べられるようにすることだ。

死香の副作用で食べられなくなったもののうち、最も影響が大きかったのが米だ。僕の実家は兼業《けんぎょう》農家で、自前の田で米を作っている。自画自賛になるが、ウチの米はとても品質が高いと思う。それを食べてきたので、子供の頃から僕は白米が大好きだった。

だから、死香の影響で米が食べられなくなったショックは大きかった。もし米が大丈夫なままだったら、風間さんに助けを求めなかった気がする。追い詰められていたからこそ、「死香を研究したい」という風間さんの要求に応じたのだと思う。

パンやチョコレートなど、風間さんの尽力《じんりょく》によって克服できた食材はあるものの、米はまだ苦労している。

このひと嗅ぎが、研究の大きな進展に繋がるかもしれない——。

そんな期待を胸に抱きつつ、僕は肥料を嗅ぐ作業をスタートさせた。

5

翌週の月曜日。特殊清掃の仕事が休みのこの日、僕は風間さんと共に、川崎市の幸《さいわい》区に来ていた。目的地は、東邦《とうほう》教育大学の男子学生寮《りょう》だ。

東邦教育大学は設立からまだ十年足らずの私立大学で、大田区の蒲田《かまた》駅近くにキャンパスを構えている。

男子学生寮は六階建てで、外観は普通のマンションと変わらなかった。外壁がくすんでいたり、エアコンの室外機を支えるフレームが錆《さ》びたりしているところを見ると、建ててから二十年以上は経過しているようだ。おそらく、元々は普通の賃貸物件だったものを大学が借りるか買うかしたのだと思われる。

時刻は午前十時を過ぎていたが、建物から時々学生らしき若者が出てくる。人の流れが途絶《とだ》えるのを待ち、僕たちは車を降りた。

今日は晴れていて、比較的《ひかくてき》暖かい。冬の優しい日差しを背中に感じつつ、僕は唾《つば》を呑み込んだ。緊張しているのが自分でも分かる。

「どうだね?」

風間さんがマンションを見つめながら訊く。

「……どうやら、『当たり』らしいです」と僕は声を潜めて言った。

僕たちがいるのは、正面玄関から五メートルほどの路上だ。人の出入りの多い場所にもかかわらず、干し椎茸の死香を感じることができる。それは、この建物を頻繁に利用する人間の体に死香が付着しているからだ。

ここに、菅尾賢太郎さんを殺した犯人が住んでいるのだろうか……。

警察は、投石に関する分析結果を元に近隣《きんりん》のスポーツ経験者をリストアップした。その中に、東邦教育大学に通う学生が含まれていた。国母《こくぼ》流星《りゅうせい》という、二年生の男子学生だ。

現場近くの河川敷でキャッチボールをしているところを何度か目撃されていること。事件当夜、遅い時間に帰寮《きりょう》したという証言《しょうげん》が得られたこと。そして、高校時代にピッチャーとして甲子園《こうしえん》出場経験があったこと。これらの情報から、彼が容疑者の一人として浮上してきた。

他にも十人ほど容疑者がおり、警察は手分けして全員を調べているという。そこで、少しでも捜査の手助けができればと思い、彼が犯行に関わっているかどうかを確かめるためにこうして学生寮にやってきたのだった。

「そうか。では行こう」

風間さんが堂々とした足取りで学生寮に入っていく。僕は彼のあとを追いつつ、嗅覚に意識を集中させた。

入ってすぐのロビーに、管理人室があった。カウンターがあり、ガラス窓の向こうに四十歳くらいの、真面目《まじめ》でおとなしそうな女性が座っている。

風間さんが近づいていくと、彼女は怪訝そうに椅子《いす》から立ち上がった。

「あの、どちら様でしょうか」

風間さんはガラス戸を開け、「警察のものです」と銀色の名刺《めいし》（ちなみに純銀製だ）を差し出した。准教授の肩書きではなく、〈警視庁刑事部捜査一課　第一強行犯捜査・分析研究係　特別顧問《こもん》〉という役職名が書かれている。

「先日、多摩川の河川敷で起きた殺人事件の捜査に協力しています。建物内を調べる許可をいただきたい」

「……そ、それは、学生さんの部屋に立ち入るということでしょうか」

「現段階ではそこまでは求めません。廊下とドアの周辺だけで結構です。気体を集めるだけですので、設備を汚損することもありません」

風間さんがそう言うと、管理人の女性は「……分かりました、どうぞ」とためらいながらも許可を出した。ここにはすでに警察が足を運んでいる。その時に事件の話を聞かされていたのだろう。

建物内には特にセキュリティの類《たぐ》いはなく、自由に歩けるという。僕と風間さんはさっそくエレベーターに乗り込んだ。

感じていた干し椎茸の死香が一段階濃くなった気がする。密閉された狭い空間なので、空気の入れ替わりが少ないからだ。

問題の学生の部屋は最上階だ。六階に上がり、エレベーターを降りる。

廊下は建物の内側にあるタイプで、灰色のカーペットが敷かれていた。まっすぐに延びる廊下の左右にドアが並んでいる。

「……はあ」

自然とため息が出る。また死香が強くなった。

体に付くと、死香は簡単《かんたん》には消えない。服を着替えてもシャワーを浴びても、僕はその香りを感じ取ることができる。

風間さんはこの現象を「皮膚や髪の表面に匂い分子が化学的に結合しているため」と解釈している。物体の表面に存在するチオール基《き》という部分と匂い分子が結びついているらしい。その結合が紫外線《しがいせん》や空気酸化で切れ、少しずつまた空気中に放出される。僕はそのごくわずかな匂い分子を感じ取っているのだろう。

このフロアの廊下に漂う死香は強い。一時間以内に死香をまとった人間が通ったのではないか。これまでの経験から僕はそう推測した。

「間違いないようだな」と風間さんが呟く。

「部屋番号は言わなくていいです」と僕は言った。このレベルなら、情報がなくても自力で嗅ぎ当てられるはずだ。

「分かった。やってみたまえ」

風間さんをその場に残し、廊下を慎重に歩き出した。辺りにひと気はないが、ドア越しに微かに音楽が聞こえてくる。大学を休んでいる学生もいるのだろう。

死香をたどりながら廊下を進んでいく。最初の角を曲がったところで僕は足を止めた。六〇七号室。この部屋のドアから、干し椎茸の死香が強烈に香っている。

「風間先生。ここだと思いますが、どうでしょうか」

僕がそう言うと、風間さんはわずかに顔をしかめた。

「……え、違いましたか」

「資料によると、ここは別の学生が住んでいることになっている」と風間さん。

「でも、確かにここから匂いが……」

「桜庭くん。慌てる必要はない。他の部屋も嗅いでみなさい」

風間さんの落ち着いた声音で、心に広がりかけていた混乱がすーっと鎮《しず》まっていった。

僕は深呼吸してから、奥に向かって順番にドアの匂いを嗅いでいった。

二つ隣の六〇九号室に差し掛かった時、僕は確かな違和感を覚えた。そしてその違和感は、隣接する六一〇号室のドアの匂いを嗅いだことで一つの仮説を生み出した。

六階にある二十の部屋をすべて嗅ぎ終え、僕は風間さんのところに戻ってきた。

「どうだ？」

「干し椎茸の死香が感じられた部屋は、全部で四部屋です。六〇七、六〇九、六一〇、六一五です。この中に、国母という学生の部屋はありますか」

「六一五がそうだ」風間さんはフレームレスの眼鏡のつるに触れた。「なぜこういう状況になっていると思う？　君の意見を聞きたい」

「思いついた仮説は二つあります。一つは、犯行に深く関わった学生があちこちの部屋を訪ねていた可能性。もう一つは……四人全員が犯行に関与した可能性です」

「曽根刑事に連絡して調べてもらうことにしよう。現場に残された石から採取した指紋《しもん》や靴跡を調べれば、すぐに答えが出るだろう」

「他のフロアも見て回りましょう。他にも死香が感じられるかもしれません」

「そうだな。納得いくまで調べたまえ」

風間さんはそう言って、僕の肩に優しく触れた。

「……先生？」

「相変わらず、君の能力は素晴《すば》らしい。何としても守らなければならないと、改《あらた》めてそう感じた」

急に褒《ほ》められたので、とっさに言葉が出てこない。

いや、変に余計なことを言う必要はない。素直《すなお》に受け止めればいいだけだ。僕は風間さんを見上げながら、「ありがとうございます」と小さく笑った。

6

それから二日後の、一月二十三日。この日は大学でのアルバイトの日で、僕は朝から肥料の匂いの感想を文章にまとめる作業に勤《いそ》しんでいた。

一方、風間さんは論文執筆《しっぴつ》や学生の指導で忙しそうだった。死香に夢中な彼だが、研究室の運営もきちんとやっている。

午後三時十五分。教員室に曽根さんが現れた。予定より少し早い到着だった。

部屋のドアがノックされた時、僕と風間さんはお菓子《かし》を食べて休憩《きゅうけい》していた。

「あ、すみません、おやつの時間でしたか」

ソファーに座っている僕たちを見て、曽根さんが申し訳なさそうに頭を下げる。

またのちほど、と曽根さんが出ていこうとするので、「よかったら一緒にいかがですか」と僕は声を掛けた。

「服務規程違反でしょうか？」と風間さんが尋ねる。

曽根さんは「この程度なら問題ありませんよ」と笑ってソファーに座った。

「どれどれ、ではお言葉に甘えて」

曽根さんが、僕の前の皿に手を伸ばす。「あ、これは違うんです」と僕は慌ててストップを掛けた。

僕が食べていたのは、風間さんが作ってくれた特製チョコだ。死香の副作用を打ち消す特殊な匂いパウダーが練《ね》り込まれている。その成分は死臭を構成する複数の物質だ。僕にとっては芳醇《ほうじゅん》な甘い香りだが、普通の人には悪臭でしかないだろう。

「そちらは私が趣味《しゅみ》で作ったチョコレートです。客人に出せるようなものではありませんので、こちらをどうぞ。銀座《ぎんざ》の洋菓子店で買ったものです」

「あ、これはどうも。意外ですな。風間先生に、お菓子作りの趣味があったとは」

「料理の中でも、特に菓子作りは化学実験に似ています。材料を正しく量り、正しい手順で混ぜ合わせ、熱を加えて変化を起こす……個人的には研究者好みの趣味ではないかと思います」

なるほど、とバタークッキーを口に運び、曽根さんはメモ帳を取り出した。

「ごちそうさまでした。では、事件の報告を始めさせてください」

「お願いします」と僕は背筋《せすじ》を伸ばした。

この報告は、基本的には僕のために行われるものだ。風間さんは捜査の進展に関心がなく、犯行の手口や動機について報告を求めることはない。しかし、僕はそんな風に達観することはできない。関わった事件のことをなるべく深く知りたいと思う。

「まずは捜査へのご助言、ありがとうございました。風間先生のご意見を参考に東邦教育大学の学生を調べたところ、菅尾賢太郎氏の殺害への関与が明らかになりました。現在までに、男子学生寮に住む二年生六名が犯行に関わっていたことを自供しています」

「おそらく、それで全員でしょう。我々の調査の結果と一致《いっち》しています」と風間さん。

僕が死香を嗅ぎ取った部屋の数は六だった。他にも関わった人間がいる可能性はあるが、とりあえずその六人が主犯で間違いなさそうだ。

ちなみに、警察に「この人物を調べるべきだ」とアドバイスする時、風間さんは「分析により、その人物の生活圏で事件の死臭成分が検出された」というように説明する。これは嘘ではないが、後付けの理由だ。実際は僕が匂いを感知し、その結果をもとに気体サンプルの分析作業を行っている。最初に僕の感覚があって、他人に説明できる形にするためにデータを取得しているわけだ。

僕が死香を感じ取っていることは警察には伏せている。僕たちと警察の橋渡し役を務めている曽根さんにも話していない。

申し訳なく思うが、仕方ないことだ。死香の科学的なメカニズムはまだ分からないことだらけだ。どれだけ丁寧に説明しても、超自然的なものと捉《とら》えられてしまう可能性の方が高い。分かりやすく言えば、すごく胡散臭《うさんくさ》く聞こえてしまうのだ。

そうなってしまうと、風間さん自身が信用されにくくなる。だから、あえて死香の存在を隠し、「科学的な分析によって手掛かりを見つけ出した」というスタンスを取っているのだ。

何はともあれ、死香が捜査の役に立てたことは嬉しかった。

「六人はどうして犯行に及んだのでしょうか」と僕は尋ねた。

「ネットの掲示板を見て、許せなくなったと言っています。六人は友人関係にあり、襲撃《しゅうげき》のリーダー的な役割を果たしたのは国母でした。計画を立て、先陣《せんじん》を切るように菅尾氏の小屋に石を投げ込んだんです。ただ、致命的な一撃を加えたのは別の学生だったようですが」

曽根さんの説明で、国母の部屋の死香が相対的に弱かった理由が分かった。

これで事件は一件落着……と思いきや、「ただ、まだ気になることはあります」と曽根さんが神妙に言った。

「菅尾氏の食事風景の画像や、彼が鳩を捕まえる動画を覚えていますか？　逮捕《たいほ》された六人は、それらをネットにアップロードしたのは自分たちではない、と主張しています。掲示板自体は閲覧《えつらん》していて、被害者を非難する投稿を書き込んではいたようですが、きっかけを作った人間は他にいると言っています」

「……本当なんですかね」

「連中にスマートフォンを提出させてデータを調べているところです。真偽《しんぎ》のほどは未確認ですが、個人的には嘘ではないと見ています。殺害自体を認めているわけですから、画像や動画を上げたことを否認するメリットはあまりないように思うんです」

「他人に煽られて、それで冷静さを失った――裁判でそう主張するつもりなのでは？」

と風間さんが指摘する。

「まあ、その可能性はあります。いずれにせよ、国母たちの主張を無視するわけにはいきません。連中の主張が否定されない限りは、投稿者を探すことになると思います」

「ちなみに、河川敷で起きたもう一つの事件……二川博喜さんの殺害への関与はどうですか？」

僕の問いに、曽根さんが口をへの字にして頷く。

「全員が『知らない』と言っています。それは本当でしょう。彼らは事件のあった日の夜に集まっていました。遅い時間まで居酒屋で飲んだあと、徹夜でカラオケをしていたんです。利用した店舗での聞き込みで証言の裏は取れていますから、アリバイは成立します。残念ながら……と言うべきでしょうか。犯人は他にいます」

「やはり、そうですか……」と僕は呟いた。

僕はすでに、二川さんの遺留品の一部を借り、死香を確認していた。そちらの死香はキャラメルの匂いに似ていたのだが、東邦教育大学の寮でその香りを感じることはなかった。

事件発生からひと月以上経過しているので、さすがに犯人に付着した死香はほとんど消えているだろう。それでも、もし犯人が住んでいるのであれば、寮の中で多少は匂いを感じたのではないかと思う。あそこは空気の流れの少ない屋内だからだ。

「先に発生した事件の方は、少なくとも臭気という観点においては、力になれることは少なそうです」と風間さんが顎を撫でながら言う。「あれだけ風の吹く屋外でひと月以上経過してしまうと、匂い分子は消え失せているでしょう」

「ええ、その辺は私も承知しているつもりです。あちらに関しては警察の方でなんとかします。それより、菅尾さんの画像や動画を投稿した人物の特定について、何かご助言をいただけないでしょうか。画像解析から得られるヒントがあれば非常に捜査の役に立つと思うのですが」

「では、知人の研究者に伝えておきましょう」

「風間先生のご意見はいかがでしょうか」

「そうですね。食事の光景はともかく、鳩を捕まえるところを撮影《さつえい》するのは容易ではないはずです。ある程度相手の生活習慣を把握《はあく》した上で、長時間張り込む必要があると思われます。そう考えると、撮影者は普段から被害者の近くにいた人間だ——という推理が導かれるのではないでしょうか」

「つまり、河川敷の住人の中に投稿者がいると」

「捜査本部ではそういった意見は出ていませんか？」

「その方面で捜査している人間はいます。被害者を恨《うら》んでいる人間がいなかったかどうか、河川敷の住人に連日のように聞き込みをしていますよ。ただ、連中は妙に口が固いというか、警察を嫌っている節《ふし》がありますね。ねぐらに足を運んでももぬけの殻《から》、ということが多いようです」

「河川敷から追い出されるのではと警戒しているのでしょう」風間さんは腕を組んだ。

「可能性の面ではいかがですか。あそこの住人は、インターネットに接続できるデバイスを持ち得るのでしょうか？」

「それは充分に可能です」と曽根さん。「住所がないので電話会社と契約するのは難しいでしょうが、端末そのものはいくらでも手に入ります。端末さえあれば、駅や大型商業施設の公衆無線LANを利用してネットに繋ぐことはできるでしょう」

「もしそうならば、監視《かんし》カメラなどに映像が残っているかもしれません」

「おっしゃる通りです。そちらの方面での捜査にも力を入れるように、担当者に伝えておきます」

曽根さんはそう言ってソファーから立ち上がった。

一礼し、彼が教員室を出ていく。

ドアが閉まったところで、「あの」と僕は口を開いた。

「なんだね？」

「もう一度、事件現場に足を運んでみたいんですが」

僕の言葉に、風間さんの眉がぴくりと動く。

「……何のためにだ？　サンプル採取はすでに完了している」

「二川さんの……一件目の事件の方が気になっていて」と僕は頭を掻いた。「最初に足を運んだ時は、どんな死香か分かっていませんでした。でも今は、キャラメルの香りだということを知っています。その状態で死香を調べてみたいんです」

「君の希望を叶《かな》えたい、という気持ちはある。頭ごなしに『無意味だ』『非効率的だ』と否定することは私の本意ではない。しかし……」

「……ご了承いただけませんか」

「この時期は、学生への対応で忙しい。それに、分析すべきサンプルも溜まっている」と風間さんが嘆息《たんそく》する。「残念ながら、河川敷に同行する時間が取れない」

「じゃあ、僕一人だけで……」

僕が口を開いた瞬間、隣に座っていた風間さんが急に体を寄せてきた。南国の柑橘《かんきつ》と熟《じゅく》した桃《もも》で作ったジュースを思わせる、爽《さわ》やかで甘い香り——風間さんがいつもまとっている匂いが、僕の鼻腔《びこう》を満たす。

彼は僕の二の腕を掴み、こちらをまっすぐに見つめている。背中がソファーの肘掛《ひじか》けに押し付けられていて、身動きが取れない。「壁ドン」ならぬ「ソファドン」だな、なんてことが頭をよぎる。

風間さんは指先に力を込めながら、「それは許容《きょよう》できない」と低い声で言った。「危険すぎる」

「昼間なら大丈夫だと思います。確かにあの場所に住む人たちは、部外者を見張っているようです。でも、だからこそ安全とも言えるのではないでしょうか。人目がある場所で攻撃してくる人間はいないでしょう。もちろん、注意を怠《おこた》ることはしません」

「いや、ダメだ！」風間さんが眉間にしわを寄せて首を振る。「……過保護だと思われても構わない。二度と君をあのような目に遭わせるわけにはいかないんだ」

風間さんのその言葉は、議論を断ち切るだけの力を持っていた。僕は目を伏せて黙り込むしかなかった。

「……君には自覚があるのか？」

「自覚？　死香の能力のことですか」

「その表情のことだ」風間さんは手を放し、ため息を落とした。「君がそんな風に辛そうな顔をしていると、私は心の痛みを感じる。なんとか願いを叶えたいと、そう思わずにはいられなくなるのだ」

それは意外な告白だった。風間さんが僕の表情に影響を受けていたとは。

風間さんはいつもクールで、僕と意見がぶつかった時も感情的になることはなかった。しかし、それはあくまで表面的な印象にすぎなかったのかもしれない。心の中では様々な感情が渦巻いていたらしい。

風間さんは優《すぐ》れた洞察力《どうさつりょく》の持ち主だ。その気になれば相手の心情を推測し、深く理解することもできるはずだ。少なくとも僕と向き合っている時は、風間さんはあれこれ考えてくれていたようだ。そのことがシンプルに嬉しかった。

風間さんはソファーから立ち上がり、腕を組んでしばらく考え込んでいた。

やがて彼は僕の隣に座り直し、「分かった」と険しい表情で言った。

「河川敷での再調査を許可しよう。ただし、一人では行かせない。信頼《しんらい》できる人間を手配し、同行させる。これがギリギリの妥協点《だきょうてん》だ。君の意見を聞かせてもらいたい」

「……ありがとうございます。そこまでしてもらうと、さすがに申し訳ない気持ちはあるんですけど、受け入れます。やっぱりできることはやりたいので」

「交渉《こうしょう》成立だな。くれぐれも無茶はしないように頼む」

風間さんは僕の肩を軽く叩くと、「すぐに手配する」と言い残して部屋を出ていった。

「……やるからには、成果を出さなきゃな」

自分に言い聞かせるように呟き、僕はソファーから立ち上がった。

7

三日後、土曜日の午後三時。僕は大学でのアルバイトを早めに切り上げ、二つの殺人事件があった河川敷に再びやってきた。

送迎の車を降り、堤防に上がる。そこが指定された待ち合わせ場所だった。

堤防の上に、グレーのスーツを着た、中年男性の姿があった。完璧に整えられた七三分けの髪と、ぴんと伸びた背筋。会うのはおよそ九カ月ぶりだが、鋭い目つきは以前とまったく変わっていなかった。

彼が僕に気づき、ゆっくりと歩み寄ってきた。

「お久しぶりです、砥羽《とはね》さん」と僕は会釈した。

「ご無沙汰しております。桜庭様のご活躍《かつやく》ぶりは私の耳にも届いていますよ」

「はは、それはどうも……」

砥羽さんは、風間家が雇《やと》っている運転手の一人だ。信頼できる人間として風間さんが彼を選んだのは、「知りうる中で最も腕の立つ人間」だからだそうだ。

聞いたところによると、砥羽さんは自衛隊で格闘術を教える仕事をしていたのだという。その詳細までは分からないが、たとえ相手が武器を持っていても瞬時に無力化することができるそうだ。暗殺者《あんさつしゃ》みたいな目つきだな、と以前から思っていたが、その印象は正しかったわけだ。

「すみません、お付き合いいただいてしまって」

「いえ、由人《よしひと》様からのご指名は大変光栄です。それだけ評価していただいているという証拠ですから」にこりともせずに言い、砥羽さんは河川敷の方に視線を向けた。「現場の安全は確保できておりますが、いかがなさいますか」

「あ、じゃあ行きましょう」

「かしこまりました」

砥羽さんが小さく頷き、河川敷に降りる階段の方に手を差し伸べた。先にどうぞ、ということだろう。

僕は深呼吸してから、一段ずつ階段を降りた。

今日は曇りで、体中の熱を奪ってしまいそうな冷たい風が吹いている。河川敷に人の気配はない。「住人」たちは自分の小屋に籠《こも》っているのだろう。

堤防を離れ、菅尾さんが殺された現場の方へと向かう。

「……え？　あれって……」

枯れたススキの中に立つ人影に気づき、僕は足を止めた。

背中まで届く、ウエーブのかかった長い黒髪。儚《はかな》さを感じさせる細い体と、真っ赤なロングコート。

彼女がこちらを振り返る。

その瞬間、僕は現実の世界にいるという感覚を失った。自分は夢の中に迷い込んだのではないか。あるいは幻覚を見ているのではないか……そんな風に感じてしまうほど、その女性の美しさは人間離れしていた。

「……ざ、座馬《ざま》さん……？」

呆然《ぼうぜん》と立ちすくんでいると、彼女はススキを優しく搔き分けて歩み寄ってきた。

「ごきげんよう、潤平」

「あの、どうして座馬さんがここに？」

「無粋《ぶすい》な呼び方ね。他人行儀だわ」僕の質問を無視して彼女が言う。「貴方《あなた》もちゃんと名前で呼んで」

「えっと、どっちの名前でしょうか」

「潤平が選んで」と楽しそうに彼女が口の端を持ち上げる。

「……じゃ、じゃあ、倫花《りんか》さんで」と僕は言った。

僕の目の前にいるこの女性は、実は風間さんの実の姉だ。彼女は絵画のモデルの仕事をしており、その時は座馬倫花と名乗っている。本名は風間倫《りん》という。

倫花さんとは、とある殺人事件の調査中に知り合った。僕と風間さんは警察の捜査に協力し、結果的には彼女の無実を証明することとなった。

彼女は風間さんのお姉さんではあるが、僕と定期的に連絡を取るような間柄ではない。

「あの、さっきの質問に応えてもらえませんか」と僕は言った。「ひょっとして、風間先生から連絡があったんですか」

「いいえ。由人は関係ないわ。何もしなくても、勝手にいろいろな情報が耳に入ってくるの」

彼女は自分の耳に触れながら微笑《ほほえ》む。僕は自分の背後に目を向けた。一〇メートルほど離れたところから、砥羽さんがこちらを見ていた。完全な無表情だ。彼は倫花さんがここにいることを知っていたらしい。

「あのあと海外にいたのだけれど、久しぶりに日本に戻ってきて驚いたわ。なんだか面《おも》白《しろ》いことになってるみたいね」

　気づくと、倫花さんは僕のすぐ近くに来ていた。僕は彼女から二歩ぶん離れて、「面白いこと？」と聞き返した。

「由人と一緒に住んでいるんでしょう？」

「え、どうしてそれを」

　口走ってしまってから、僕は自分のミスに気づいた。今のは白《しら》を切る場面だ。

だが、ごまかそうとしても無駄だったかもしれない、とすぐに思い直した。倫花さんは、思考力や警戒心を低下させる類いの魅力《みりょく》をまとっている。話していると、心の中を覗かれているような気分になるのだ。彼女の前で嘘をつき通せる自信がない。

「由人との生活はどう？　楽しい？」

「……とても快適にすごさせてもらっています」

「そう。それはそうでしょうね。研究のことしか頭にないあの由人が、わざわざ自分の家に住まわせるんですもの。単なる同居で済むはずがないわ。愛の限りを尽くして、相手を歓《よろこ》ばせようとするに決まっているわ」

「あ、愛……ですか」

　普段の会話で口にすることのない単語に、胸がざわざわしてくる。普通の人が使えば陳腐《ちんぷ》に聞こえる言葉でも、倫花さんなら何の違和感もない。

「あなたたちをそれほどまでに強く繋がらせているものは、何？」

「……それは言えません」と僕は彼女の視線を受け止めた。倫花さんは死香のことを知らない。いくら風間さんの肉親でも、その秘密《ひみつ》を話すわけにはいかない。

「そう……」倫花さんがすっと目を細める。「一つだけ教えて。潤平は由人と同じベッドで眠っているのかしら」

なんという質問だ。僕は軽いめまいを感じつつ、「そんなわけないじゃないですか」と強く首を振った。

「一緒に住んでいるなら、一度同じベッドで寝てみたらどう？　息遣い、振動、鼓動、体温、香り……誰かと眠ると、たくさんの情報が自然に頭に入ってくるわ。眠っている時、人はとても無防備になる。そんな姿をお互いに見せ合うことで、初めて分かることもあると思うの。もし潤平が望むなら、証明してあげてもいいわ。このあと私の泊まっているホテルに行きましょう」

やばいな、と僕は思った。倫花さんと話していると、何が正しいのか分からなくなってくる。正論を言っているのは倫花さんの方で、こちらが間違っているのではという気分になる。あっという間に倫理観《りんりかん》を破壊《はかい》されてしまいそうだ。

これ以上、面と向かって話すのは危険だ。僕は大げさに辺りを見回してみせた。

「あの、もういいですか。殺人事件について調べるためにここに来たんです」

「興味深いわ。見学しても構わないかしら？」

「……見ても面白いことはないですよ」

「面白いかどうかは私が判断するわ。潤平は自由に動いて大丈夫よ」

帰ってください、と頼んでも聞き入れてはもらえないだろう。「ご自由にどうぞ」と言って、僕は歩き出した。

ポケットからスマートフォンを出し、保存しておいた画像を確認する。ネットの掲示板にアップされていた画像と動画を解析した結果、撮影ポジションは一箇所に絞り込まれていた。

警察の方ですでに確認しているそうだが、念のために周囲の風景と照らし合わせつつ、問題の場所を探す。

「……やっぱり、ここか」

やがて僕は目的の地点にたどり着いた。それは、例の大根畑だった。画像や動画は、この畑のすぐそばから撮影されていた。

畑からは、相変わらずケチャップの香りが感じられる。

これまでに、市販の肥料を数十種類嗅いだ。食材の匂い——つまり死香として認識されたものはあったが、これと同じ死香を感じたものはなかった。独自の配合が、偶然《ぐうぜん》ケチャップの匂いを作り出したのだろう。

今日は、畑を管理している老人の姿はない。ちなみに彼の名前は伊勢崎徳治さんというそうだ。伊勢崎さんは茨城《いばらき》県で専業農家をしていたが、突然廃業し、家や土地を売って東京に来たらしい。それが十年ほど前のことだという。今の河川敷での生活が始まったのは二年半前だ。僕はそういった情報を曽根さんに教えてもらった。警察は河川敷に住んでいる人々の素性を丹念《たんねん》に調べているようだ。

畑の周囲には小屋はない。堤防や橋げたからも少し距離がある。用がなければ近づくことのない場所だ。

伊勢崎さんは畑を大切にしているように見えた。河川敷に暮らす人々の話によれば、彼は日に何度も畑に足を運んでいたという。もしここに誰かが長時間潜んでいたとしたら、伊勢崎さんに見つかり、畑から離れるように注意されていただろう。ところが、警察の聞き込みではそういう話は出てきていない。

つまり、あの画像や動画を撮影したのは伊勢崎さんなのではないか、という推理が成り立つことになる。

状況証拠は他にもある。伊勢崎さんは昨年の九月に、近くのリサイクルショップでスマートフォンを購入していた。だが、今はもう所持していない。彼は「壊れたので川に捨てた」と証言したが、それを証明することはできていない。

伊勢崎さんは菅尾さんを憎んでいて、危害を加えようと企《たくら》んでいた。ただ、菅尾さんは元プロボクサーだ。自分の力では返り討ちにされてしまう。だから、襲撃を誘発《ゆうはつ》するような「証拠」を掲示板にアップし、いびつな正義感に駆られた人々に菅尾さんを狙わせた――そんな推理が成り立つ気はする。

そして、もう一つの殺人。二川さんが殺された事件にも、伊勢崎さんが関与している可能性は考えられる。村よりもずっと小さなコミュニティで二つの事件は起きている。菅尾さんと二川さんの両方に恨みを抱くような、共通のトラブルがあったのではないだろうか。

ただ、これらの推理は僕の想像の域を出ない。状況証拠ばかりで決定打に欠けているのだ。

「……死香をちゃんと嗅げば、手掛かりが得られるかもしれないのに」

僕は畑を見下ろしながら呟いた。伊勢崎さんの体には肥料の――ケチャップの死香が染み付いてしまっている。それが邪魔で、他の匂いを感じ取ることができないのだ。

大きく息を吐《は》き出した時、背後で砂利を踏む音がした。

「――桜庭様」

驚きと共に振り返ると、二メートルほどのところに砥羽さんがいた。いつの間にこんなに近くに……。今の今までまったく気づかなかった。

「ど、どうしたんですか」

「クワを持った老人が近づいてきます。どう対処いたしましょう」

　おそらく伊勢崎さんだろう。畑の手入れに来るようだ。

「たぶん大丈夫だとは思いますが、念のために近くにいてもらえると助かります」

「承知いたしました」

　慇懃《いんぎん》に一礼すると、砥羽さんは密集したススキの向こうに姿を消した。どこにいるのか分からないが、いざという時は飛び出してきてくれるはずだ。

　倫花さんを探すと、さっきと同じ場所にいた。二〇メートルほど離れたところからこちらを見ている。それだけの距離があっても彼女が微笑んでいることが分かる。僕が何をしているかさっぱり分からないはずだが、妙に楽しそうだ。

「――またあんたか」

　砥羽さんから警告を受けた一分後に、伊勢崎さんが現れた。持っているクワの先端《せんたん》は錆びて欠けていた。

「こんにちは」

「俺の畑に何か用か」

「警察の方から話を聞いていませんか？　菅尾さんを撮影した写真や動画は、この場所で撮られていたんです」

「……それがどうかしたのか」

伊勢崎さんは僕の横を素通りし、柵の戸を開けて畑に入った。

「ここで、怪《あや》しい人を見掛けたことはありませんか」

「あんた、刑事か？」

「違います。でも、警察の捜査に協力しています」

僕は風間さんにもらった名刺を差し出した。〈警視庁刑事部捜査一課　第一強行犯捜査・分析研究係　特別顧問補佐〉という役職が印字されている。

伊勢崎さんは受け取った名刺を一瞥《いちべつ》し、無造作にズボンのポケットにねじ込んだ。

「誰に訊かれても答えは変わらん。そんなやつは見たことがない」

「でも、見ていないはずがないんです」

「うるさいな。知らんもんは知らん」

伊勢崎さんは僕に背を向けると、持っていたクワを大根に向かって振り下ろした。よく育っていた大根が首のところで切断され、無残に畑に転がる。伊勢崎さんはそれを何度も繰り返し、容赦《ようしゃ》なく大根を細切れにしていった。

「あ、あの、何をしているんですか」

「見て分からんか？　大根を刻んで土に混ぜてるんだ」

「せっかく育てたのに、どうしてそんなことを……」

「大根はエサみたいなものだ」とこちらに背を向けたまま彼が言う。「畑の状態をよくするために植えていただけだ。経験上、こうするといいものが採れるようになる」

「いいもの……？　何か別の植物を植えるんですか」

「あんたには関係ないだろう」

突き放すように言い、伊勢崎さんは大根を切り刻む作業に没頭し始めた。

彼の体からはやはりケチャップの死香が感じられる。畑の土が掘り返されたせいで、その香りはさらに濃厚になっていた。

僕は目を閉じ、死香に意識を集中させた。だが、どれだけ丁寧に匂いを嗅いでも、キャラメルの死香を感じることはなかった。ケチャップの死香が邪魔をしていて、正しく匂いを嗅ぐことができない。

やっぱり、無駄足だったか……。

僕はため息をつき、その場を離れた。収穫《しゅうかく》はなかった、と風間さんに正直に報告するしかない。

「――潤平」

顔を上げると、倫花さんがこちらに歩いてくるところだった。

「あ、どうも……」

「表情が優れないわね。望みの結果は得られなかったのかしら」

「まあ、そうですね。失敗です」と僕はありのままを口にした。

「そう。貴方が抱えている課題をここで尋ねても、答えてはくれないでしょうね」

「犯罪捜査に関わることですので……すみません」

「その課題を、由人と共有しているの？」

「もちろん、話はしています」

僕がそう答えると、倫花さんは目を伏せて首を振った。

「いいえ、不充分ね。もっと由人と話し合うべき。私は、貴方に幸せでいてほしいの」

「……どういう意味ですか？」

「懸命に生きていれば、うまくいかないことは当然あるでしょう。それでも、信頼している人と正しく繋がっていれば、そんな表情はしないはずよ。苦悩《くのう》は半分に、喜びは倍に――それが愛の力よ。私はそう信じているわ」

倫花さんは誇《ほこ》らしげにそう言うと、「そのうち、貴方たちの家に遊びに行こうかしら」と微笑み、悠然《ゆうぜん》と去っていった。

「……風間さんと話し合う、か」

倫花さんの意見はこれ以上ないほど真っ当なものだった。

どうやら、「迷惑を掛けたくない」という気持ちが強すぎたようだ。結局のところ、僕が納得しない限り捜査には関わり続けるわけで、その間は風間さんだってやきもきした気分でいるだろう。もっと風間さんを頼った方が、結果的には悩んでいる時間が短くなるはずだ。

「……よし」

僕はスマートフォンを取り出すと、風間さんに電話をかけた。

すぐに電話が繋がり、「私だ」と風間さんの声が聞こえてきた。

「今、例の河川敷にいます。サンプル採取を行いたいので、合流できませんか」

「すでにこちらの状況は伝えたはずだが。今は死香の分析作業中だ。悪いが、そちらには行けない」

「その死香は、今回の事件で採取したサンプルですか？」

「……いや、都内で発生した別の事件のものだ」

風間さんは死香の仕組みを解き明かし、僕の副作用を解消しようと頑張ってくれている。そのために、様々な死香を集め、それを分析する作業に力を注いでいる。

彼のその想いには感謝している。それでも、僕にも譲《ゆず》れないものがある。

「僕一人で作業をすると、サンプル採取にミスが発生する恐れがあります。採取のプロフェッショナルである先生にお願いしたいんです。わがままを言って申し訳ありませんが、手を貸していただけませんか」

風間さんが黙り込む。たぶん、彼は今、ロダンの「考える人」のような姿勢を取っているはずだ。本気で思考に没頭する時、風間さんは自然とそういうポーズになる。

僕は祈るような気持ちで彼が再び口を開くのを待った。

冷たい風を首筋に感じながらスマートフォンを耳に当てていると、「分かった」と風間さんが囁《ささや》くのが聞こえた。「作業を中断してそちらに向かおう」

「……ありがとうございます！」

僕は深々と頭を下げ、通話を終わらせた。不思議と、さっきまで感じていた閉塞感《へいそくかん》は消えていた。

風間さんが一緒なら、きっと新しい道が開けるはず――そんな予感を胸に、僕は歩き出した。

8

一月二十九日、火曜日。僕は特殊清掃の仕事を終え、着替えを済ませてまごころクリーニングサービスの建物を出た。

時刻は午後六時。すっかり日が沈み、辺りは完全に夜になっている。その闇に同化するかのような黒いレクサスが、音もなく目の前に停車した。

誰もいない後部座席に乗り込み、「お願いします」と運転手さんに伝える。行き先は東京科学大学だ。

今日は朝から特殊清掃の仕事に出ていた。現場は、遺体が二週間ほども放置されていた一軒家だった。その家では老夫婦が揃って亡くなっており、死因はどちらもインフルエンザをこじらせたことによる肺炎だった。二人がほぼ同時に体調を崩し、動けないまま衰弱して命を落としたらしかった。

老夫婦は違う部屋で亡くなっていた。冬場とはいえ、二週間も経つと遺体の腐敗はかなり進む。しかも、作業現場はどちらも和室だった。畳《たたみ》は匂いを吸着しやすいため、基本的に全部交換《こうかん》することになる。それだけで済めばまだいい。今回は、二部屋とも遺体から漏出した体液が床板にまで染み込んでいた。そのため、床板を外して交換する作業を行うことになった。ここまで来ると清掃というより工事という方がしっくりくる。

四人でチームを組み、昼休憩以外はずっと作業を続けてようやく二部屋とも片付けることができた。

さすがに体は疲れている。それでも頭は冴《さ》えていた。仕事を終えて事務所に戻った直後に、風間さんから電話があったからだ。

「これから大学に来てほしい」

風間さんはそれだけ伝えて、すぐに通話を切り上げた。その声は落ち着いていたが、奥に秘めた自信を僕は感じ取った。

三日前、僕は風間さんを呼び出し、殺人事件の起きた河川敷で二度目のサンプル採取を行った。伊勢崎さんの管理する畑や、彼の住んでいる小屋、彼の寝袋の内部などの気体を集めたのだ。

その場には伊勢崎さん本人もいた。最初は難色《なんしょく》を示したものの、「疚《やま》しいところがないのであれば、堂々としているべきだ」という風間さんの言葉に説得され、しぶしぶ彼はサンプル採取を受け入れていた。

「全力で分析を行う。だから、こちらから連絡するまで何もしないように」

サンプル採取のあと、風間さんはそう言って風間計器へと向かった。そして、それから今日に至《いた》るまで彼は自宅《じたく》に戻ってきていない。連絡がなかったので詳細は不明だが、風間計器に泊まり込んで分析作業を進めていたらしかった。

連絡を待つ間、僕はなるべく事件のことを考えないように努力した。勝手に出歩くことはせず、特殊清掃の仕事の時以外は自分の部屋でのんびり過ごした。

こうして僕を呼び出したということは、風間さんは結果を出したのだろう。それも、早く共有したいと思うような、重要な結果を。

はやる気持ちを抑えつつ、事件の資料を読み返しながら車中の時間を過ごす。

五十分後。薬学部の前で車が停まる。

お礼を言って車を降りたところで、建物の玄関に佇《たたず》む人影に気づいた。そこにいたのは風間さんだった。

「すまないな、仕事終わりで疲れているのに」

「そんな、気にしないでください。これも僕の仕事の一部ですから」と僕は笑ってみせた。話をするだけなら、自宅でもできる。サンプルを嗅ぐ必要があるから、大学に呼ぶことにしたのだろう。

夕食に向かう学生たちとすれ違いつつ、三階に上がる。急ぎ足になりそうなところを我慢し、風間さんと並んで教員室にやってきた。

部屋に入ると、テーブルの上に金属のラックが置かれていた。数本の試験管が差してある。匂い物質のサンプルが入っているようだ。

「これは？」

「先に話をしよう」

促され、ソファーに座る。風間さんは僕の隣に腰を下ろし、タブレット端末を手に取った。

「この何日か、河川敷で採取したケチャップの死香の分析を続けていた。濃度の高いサンプルを用いたことで、死香を構成する成分の大半を特定できた」

これだ、と風間さんがタブレット端末を差し出す。そこには五十を超える数の物質名が並んでいた。

「すごいですね、この短期間で……」

「君が多くの農薬を嗅いでくれたおかげだ。その情報を駆使することで、迅速《じんそく》な成分特定が可能になった。ケチャップの死香は、匂いは強いものの、遺体から放たれる『本物の死香』よりは成分構成がシンプルだった。分析データをもとに再現してみたので、嗅いで確かめてほしい」

風間さんがラックから試験管を抜き取る。受け取り、ゴムの蓋を外して匂いを嗅ぐ。感じた香りは、ケチャップの死香と極めてよく似ていた。

「ほぼ完璧です」

「ここまでが第一段階だ」

風間さんはそう言って、試験管ラックに目を向けた。

「男のねぐらで採取したサンプルをガスクロマトグラフに掛け、ケチャップの死香を構成する成分を徹底的に除外した。君の嗅覚を妨害していたものを取り除いたわけだ。この際に、他の香気《こうき》成分も一部が吸着される。物質を濾《こ》し取る部分をカラムと呼ぶが、その種類によって、吸着される分子は異なる。精製後の物質の構成が変われば、匂いも変化するだろう。ここに用意したのは、異なるカラムを用いて精製した気体サンプルだ。順番に嗅いでみてもらいたい」

「分かりました」

説明には分からない部分もあったが、やるべきことは明確だ。深呼吸してから、僕は試験管を手に取った。

さっそく何本か嗅いでみる。匂いを感じないものもあれば、うっすらとケチャップの死香が残っていたものもあった。風間さんの言う通り、精製の方法によって匂いが違っているようだ。

個々の結果に一喜一憂《いっきいちゆう》していてはダメだ。手にしている一本に集中するのだ。僕は自分にそう言い聞かせつつ、時間をかけて丁寧に匂いを嗅いでいった。

本数を数えるのも忘れて匂いを嗅いでいた僕は、嗅ぎ覚えのある匂いでハッと我に返った。

……これは……。

いったん試験管の蓋を閉め、服の袖《そで》に鼻を当てて深く息をする。こうすると匂いの感覚がリフレッシュできることに、最近気がついた。

そうして嗅覚をリセットしてから、改めて匂いを嗅ぐ。

錯覚ではなかった。試験管から、キャラメルの死香が感じられる。間違いなく本物だ。

一人目の被害者――二川さんの死香だった。

「風間先生。キャラメルの死香を感知しました」

黙って作業を見守っていた風間さんに報告する。

「それは、畑の管理人の男が使っている寝袋から採取した気体だ。あの男は事件に関わっていたわけだな」

「驚きました」と、僕は試験管をラックに戻した。「きちんと保管されていた遺留品ならともかく、これだけ時間が経った死香を感じ取れたのは初めてだと思います。精製で『雑臭《ざっしゅう》』を除去した効果でしょうか」

「それもあるだろうが、おそらく、あの男の衣服に被害者の血液が付着していたのだろう。着替えをせずに毎日同じ寝袋で眠っていたから、匂いが消えなかったのではないかと思う。速やかに衣服や寝袋を回収して調べるべきだ。被害者のＤＮＡが検出されれば、事件は一気に解決する」

「なるほど……あそこに住んでいる人たちは、一、二着しか上着を持っていないみたいですし、ありえますね」

これで事件の真相はほぼ明らかになった。二つの殺人事件の引き金を引いたのはやはり伊勢崎さんだったのだ。二川さんを殺害する一方で、インターネットを駆使して菅尾さんへの敵意を煽り、襲撃事件を引き起こした。

死香を嗅いだ結果からは、その結論に矛盾《むじゅん》はない。ただ、まだ明らかになっていない謎がある。動機だ。なぜ伊勢崎さんは二人を殺そうと決めたのか。そこがまったく分からない。

黙って考え込んでいると、「他にも何か気になることがあるようだな」と風間さんに指摘された。僕は自分の頬を撫でた。どうやら表情に出ていたらしい。

「どうして伊勢崎さんはこんな事件を起こしたのかな、と思って」

「それを知りたいと？」

「できることならば。人の心は変わりやすいものですし、複雑です。動機は、言葉で表せるほど単純ではないかもしれません。それでも、やっぱり気にはなります」

「好奇心かね？」

「……というよりは、伊勢崎さんを理解したいという気持ちが強い気がします。本人と何度か話した感じだと、そこまで悪い人には思えなかったんです。対応は冷たかったですし、言葉遣いもぶっきらぼうでしたけど、暴力性みたいなものは感じられませんでした。実家の近所にも、ああいうおじさんがいます。農業一筋、みたいな硬派《こうは》な人で、人付き合いは下手《へた》ですけど、すごく仕事熱心なんですよ」

考えていることをまとめながら言葉にする。

「ふむ、研究者にも似たようなところはあるな」と風間さんが頷く。

「そういう人は、どういう時に殺意を抱くのでしょうか」

「それはもちろん、大切なものを失った時だろう。あの男は、作物を育てることにこだわっていた。独自の肥料を作り、土のコンディションを整えることに腐心していた」

「じゃあ、大根を盗《ぬす》まれたから……？」

いや、それはありえない。伊勢崎さんは自分の手で大根を切り刻んでいたではないか。もしそれを無断で引き抜かれたとしても、そこまで激昂《げっこう》するとは思えない。

「確認してみよう」

風間さんは自分の席に座ると、パソコンの操作を始めた。

「何の確認ですか？」

「あの男が耕していた畑の土のＤＮＡデータを見直すのだ。ヒトのＤＮＡの有無は確認したが、それ以外の動植物についてはデータベースでの照合を行っていない。遺伝情報を詳細に調べれば、過去に育てていた作物も分かるはずだ」

なるほど、畑に証拠が残っていたわけか。そういう使い方もあるんだな、と感心していると、「検索の結果、ヒットがあった」と風間さんが言った。

「早いですね」

「文字列を比較するだけだからな。あの男は大根以外に、もう一種類作物を育てていたようだな」

「なんだったんですか？」

「少し待ってほしい。曽根刑事に確認を取る。もしかしたら、被害者たちが『それ』を盗んだという証拠が見つかるかもしれない」

思いがけない言葉に、「盗んだかどうか確かめる方法があるんですか？」と僕は質問した。当たり前のことだが、被害者は二人とも亡くなっているのだ。

「確証はないが、物証が出てくることに期待している。鑑識の人間が、そうとは知らずに持ち帰っていた可能性はある」

風間さんはどこか自信ありげにそう言い、銀色のスマートフォンを取り出した。

9

午前六時。伊勢崎徳治はいつもと変わらない時間に目を覚ました。

今朝は皮膚が凍り付きそうなほど冷え込んでいる。たぶん氷点下だ。

それでも、やることは変わらない。薄暗い小屋を抜け出し、マフラーを巻いて軍手を嵌める。いつも通りだ。

外はよく晴れていた。伊勢崎は白い息を吐き出し、小屋の裏手に回った。熟成の進んだ肥料をレジ袋に入れ、それを持って畑へと向かう。

枯れたススキの中を歩いていると、近づいてくる複数の人影が見えた。

——まさか。

一瞬、菅尾をリンチで殺した連中がやってきたのかと思った。だが、すぐにそうではないと気づく。そこにいたのは、一連の事件の捜査に当たっている刑事たちだった。

先頭を歩いていた角刈りの男が足を止める。ベテランの漁師《りょうし》のような日焼けした肌と、厳《いか》めしい顔つき。確か、矢賀《やが》と言ったか。二川が殺された事件の担当班の班長をしている刑事だ。

「おはようございます。ちょっとよろしいでしょうか」

矢賀が声を掛けてくる。鋭い目はまっすぐこちらに向けられていた。これまでの聞き込みとは明らかに警戒の度合いが違う。他の刑事たちも同様だ。殺気に近い緊張感をまとっている。

伊勢崎は肥料の入った袋とシャベルを地面に置き、刑事たちの方へと歩み寄った。

「伊勢崎さん。あなたに二川博喜さんの殺害容疑で逮捕状が出ています。署までご同行いただけますか」

「どうして俺が逮捕されるんだ」

「先日、あなたに提出していただいた上着から、二川さんの血液が検出されたからです。飛沫状《ひまつじょう》に付着していたことから、二川さんを殺害した際に浴びた返り血だと考えられます。異論があるなら、取り調べの際に主張してください」

矢賀の説明が終わると同時に、若い刑事が手錠を持って近づいてきた。

抵抗しても無駄だということは分かっていた。伊勢崎は軍手を脱ぎ、おとなしく両手を差し出した。

今日、逮捕されるとは思っていなかった。ただ、警察が自分を強く疑っていることは分かっていた。そうでなければ、上着を持って行ったりはしないだろう。

手錠が手首に嵌められる。「冷てえな」と伊勢崎は呟いた。

「向こうに車を停めてあります。行きましょう」

歩き出した伊勢崎の左右を、すかさず刑事たちが固める。伊勢崎は自分の畑の方を見た。もし自分がまたここに戻ってくることがあったとしても、その頃には畑は雑草に覆われてしまっているだろう。また一から作り直しだ。

「伊勢崎さん。あんた、畑でメロンを育てていたんだろう」

前を歩いていた矢賀がふいに言った。さっきより口調が砕《くだ》けたものになっている。

「そんなことまで調べたのか」

「集められる情報はなんでも集めるのが仕事だ。もちろん、あんたがかつてメロン農家だったことも調べた。ところであんた、二川さんと仲が良かったのか？」

「……別に。ただ、同じ茨城出身だったたってだけだ」

去年の夏の記憶が蘇《よみがえ》る。

あの畑でメロンを作ったのは、去年が最初だった。メロンを作ろうと思ったのは、あまりに暇《ひま》だったからだ。

廃業してずいぶん時間が経っていたが、土作りにこだわったおかげで、メロンの出来《でき》栄《ば》えはなかなかのものだった。いざ作り始めると昔を思い出し、一玉一玉に強い思い入れを抱いてしまった。

毎日こまめに畑の手入れをしていたので、いきなり数が減っていた時はすぐに盗まれたのだと気づいた。完熟《かんじゅく》直前のメロンが二玉消えていた。

河川敷で生活する上で、一つだけ必ず遵守《じゅんしゅ》すべきルールがある。それは他人の物を盗んではいけない、というものだ。

それを破るとしたら、暮らし始めて日が浅い人間だ。そう考え、伊勢崎は菅尾のねぐらを見に行った。中に入って確かめるまでもなかった。粗末な小屋の脇《わき》にメロンの皮が捨ててあったからだ。

伊勢崎は菅尾への復讐《ふくしゅう》を決意した。戦って勝てる相手ではないので、慣れないインターネットを駆使し、菅尾が襲われるように仕向けた。時間はかかったが、狙い通りに制裁を加えることができた。まさか菅尾が死ぬとは思っていなかったが、因果応報《いんがおうほう》だとしか思わなかった。

復讐すべき相手はもう一人いた。二川だ。

伊勢崎はメロンを売って金を稼ぐつもりだった。食べるのは最初にできた一玉だけと決めていた。

去年の八月の半ばだ。その最初で最後の一つを食べている時、二川が伊勢崎の小屋に現れた。

「近くを通ったら、いい匂いがしてな」二川はにやにやしながら小屋に入ってくると、勝手に床に座り込んだ。「少し分けてくれよ」

「……ここで食っていけ」

追い返すのが面倒だったので、伊勢崎はカットしたメロンを二川に差し出した。

久しぶりに誰かの評価を聞いてみたい、という気持ちも少しはあった。メロン農家をしていた頃は、食べた人間から毎年十通以上も感謝の手紙が届いたものだ。それを読むのが伊勢崎の唯一の趣味だった。

「へへ、こんなのを食うのは何年振りだろうな」

二川はよだれを垂《た》らしながら、種が付いたままのメロンにかぶりついた。そして、無言でそれを貪《むさぼ》り食《く》った。

「……ありがとよ」

それだけ言い残すと、二川は小屋を出ていった。何の感想も言わなかったことに腹は立ったが、その時はまだ、殺意の欠片《かけら》も芽生えていなかった。

殺そうと決めたのは、二川が河川敷で暮らす他の連中に、「伊勢崎のメロンはまずい」と吹聴《ふいちょう》して回っていたからだ。そのことを知ったのは昨年の十一月で、他の人間から噂を聞かされた瞬間に、二川の殺害を決意したのだった。

「畑で育てたメロンを二川さんに食わせたのか」

矢賀の問い掛けで、伊勢崎の回想は打ち切られた。いつの間にか、彼は伊勢崎の隣に来ていた。

「食べてみたいって言うから、特別にな」と伊勢崎は答えた。「それなのに、周囲の連中にわざわざ『まずい』と言って回ってたらしい。……だから、許せなかった」

しばらく、砂利を踏む音だけが河原に響く。

やがて矢賀は囁くように言った。

「……それはひょっとすると、あんたのメロンを守るためだったんじゃないか」

「どういう意味だ？」

「美味《うま》いという噂が広まれば、メロンを盗もうとする人間が増えるだろう。それを防ぎたかったんじゃないか」

それは考えてもみなかった可能性だった。確かに、菅尾に盗られて以降、メロンの盗難は一度も起きなかった。

「……そんなこと、今さら確かめようがない」と伊勢崎は顔をしかめた。殺さなくてもいい相手を殺したかもしれない——そんな想像はしたくなかった。

「一応、証拠はあるんだよな」

両手をこすり合わせながら矢賀が言う。

「証拠？」

「二川さんの小屋の床下から、小さなポリ袋が発見されている。中身はメロンの種だった。……DNAを調べたら、あんたが作っていたものと一致した。もしかすると、二川さんもメロンを育ててみたくなったのかもな」

矢賀が明かした事実に、伊勢崎はみぞおちを思いっきり殴られたような衝撃を受けた。

「……そんな、まさか……」

じゃあ、本当に二川は……？

「う、嘘だよな」

伊勢崎は救いを求めるように、矢賀に視線を向けた。

矢賀は伊勢崎を一瞥すると、小さく首を振って歩く速度を上げた。

10

「では、またよろしくお願いいたします」

廊下で曽根さんを見送り、僕と風間さんは教員室に戻った。

部屋に入ると、自然と大きなため息が出た。ついさっきまで、事件の顛末《てんまつ》について曽根さんから説明を受けていた。

逮捕された伊勢崎さんは、素直に取り調べに応じているという。僕たちが死香を通じて導き出した推理はほぼ正しかった。すべてのきっかけはメロンだったのだ。

菅尾さんはメロンを盗んだから復讐の対象となった。二川さんは「伊勢崎のメロンはまずかった」と言ったせいで殺された。簡単にまとめるとそういうことになる。

丹精込めて育てていたとはいえ、たかがメロンでどうしてそんなに強い恨みを抱いたのか。その答えは、伊勢崎さんの過去にあった。

彼はもともとメロン農家として生計を立てていた。奥さんと二人、充実した日々を過ごしていたという。ところがある年の夏に、彼はメロンの大量盗難に遭ってしまった。出荷直前のメロンが畑からごっそり盗まれたのだ。

警察は捜査に乗り出したが結局犯人は捕まらず、当てにしていた収入が消え、あとには借金が残った。追い打ちを掛けるように奥さんが病気で亡くなり、そして、伊勢崎さんはすべてを手放す羽目になった。その辛い思い出があるからこそ、育てたメロンへの愛着が強かったのだろう。

「すみません、今回の事件でもずいぶんわがままを言ってしまいました」

僕が頭を下げると、「いや、思わぬ収穫があった」と風間さんは言った。

「君のこだわりがなければ、ガスクロマトグラフィーによるサンプルの分離精製という手法を試すこともなかっただろう。今回は肥料によるダミーの死香だったが、本物の死香が複数混ざっているケースでも、ガスクロ分離が使える可能性がある。新たな手法を編《あ》み出せたことは大きい」

「そう言っていただけると、気持ちが楽になります」と僕は笑ってみせた。

「『必要は発明の母』という。問題をなんとか解決したいという想いが、技術の進歩を促す。今後も遠慮なくやってみたいことを主張するといい。それは私にとっても成長のチャンスになるだろう」

風間さんはそう語り、壁の掛け時計《どけい》に目を向けた。時計の針は、午後五時十五分を指している。

「少し早いが、仕事を切り上げて帰るとしよう。事件への協力で疲れただろう。慰労《いろう》の意味も込めて、スペシャルな夕食を楽しもうではないか」

「いいですね。どこかのレストランに行くんですか？」

「いや、自宅にシェフを呼ぶ」

風間さんは当然のように言う。セレブリティの発想だな、と僕は感心した。

「新たに死香の副作用は出ているかね？　食べられない食材は避けてメニューを組み立てさせるが」

「今日、時間があったので確認してみました。干し椎茸はアウトになりましたが、ケチャップは大丈夫でした。本物の死香じゃなかったのでセーフだったみたいです」

「そうか。では、シェフに伝えておこう」

風間さんが身支度を始める。「あの」と僕は声を掛けた。

「砥羽さんから報告を受けていますか?」

「報告というのは、護衛の首尾《しゅび》についてかね?　特に安全上の問題は起きなかったと聞いているが」

「ええと、そうじゃなくて……お姉さんの件です」

僕がそう打ち明けた瞬間、風間さんは急に表情を険しくした。

風間さんは姉である倫花さんに対して警戒心を持っている。彼女が子供の頃からずっと自由気ままに生きてきたせいで、風間さんは幾度となく迷惑を被《こうむ》ってきたらしい。関わり合いになると精神的に疲弊《ひへい》するということで、彼女からなるべく距離を置くようにしているそうだ。

「あの女がどうかしたのか」

この様子だと、僕と倫花さんが会ったことを知らされていないらしい。そうじゃないかという気はしていた。砥羽さんは倫花さんから口止めされていたのだろう。

会ったことを隠そうかとも思ったが、もし風間さんがあとでそれを知ったら嫌な思いをする。だから、事件が一段落したらちゃんと報告しようと決めていた。

僕は河川敷で倫花さんと話したことを正直に説明した。

ひと通り報告を終えると、風間さんは深い吐息《といき》を漏《も》らした。

「……いったいどうやって情報を摑んでいるんだ、あいつは」

「倫花さんは何も言っていませんでしたけど……」

「それはどうでもいい。それより、今の説明で全部か？　ただ会って話をしただけかね？　何か妙なことを吹き込まれてはいないか？」

風間さんが矢継《やつ》ぎ早《ばや》に質問をぶつけてくる。前回もそうだったが、倫花さんのことになると風間さんの態度に焦りが生まれる。どうやら、僕が倫花さんに影響を受けることを警戒しているようだ。

風間さんの視線を受け止め、「一つ、アドバイスをもらいました」と僕は言った。「風間さんともっと話し合うべきだ、と言われました」

「そんなものはアドバイスでもなんでもない。我々は充分にコミュニケーションを取っている」

「僕もそう思っていました。でも、言われてみて気づいたんです。僕はまだまだ風間先生に遠慮をしてるのかな、って」

僕の言葉に、風間さんが眉根を寄せる。

「……言わずに我慢していることがあるのか」

「我慢……ではないですけど、自分でラインを引いて、話すことと話さないことを決めていたところはあります。倫花さんはたぶん、ちゃんと話し合った上でそのラインを引く位置を決めなさい、と言いたかったんじゃないかと思います」

「話し合いは不要だ」と風間さんが声に力を込めた。「ラインを引く位置を気にする必要はない。些細《ささい》なことでも構わないから、遠慮なく私にぶつけてくればいい」

「それがなかなか難しいんですよ」と僕は頭を掻いた。

風間さんはじっと僕を見つめ、小さく息をついた。

「君はどうも、未《いま》だに自分のことを下に見ているようだ」

「それは当然じゃないですか。死香のことでも家のことでも、風間先生にはずっとお世話になりっぱなしですし……」

「世話などではない！」と風間さんが語気を強めた。

「……風間先生？」

「勘違《かんちが》いしないでほしい。私がそうしたいからしているだけだ。換言すれば私の行為はすべてエゴであり、それに君を巻き込んでいるにすぎない。君が恩義《おんぎ》を感じる必要はないのだ」

「そう言われましても……」

「分かった、ではこうしよう」と風間さんが僕の手を取った。「今日から、私のことを名前で呼びなさい。呼び捨てでいい。そうすれば、君が感じている格差を打ち消すことができるはずだ」

唐突すぎる提案《ていあん》に、僕は言葉を失った。

風間さんのことを「由人」と呼ぶ？　そんなの絶対に無理だ。できる気がしない。

「さ、さすがにそれは……」と僕は絞り出すように言った。

「なら、私も君のことを『潤平』と呼ぼう。それで対等になる」

「いや、そういう問題じゃなくてですね……」と僕は苦笑した。「今の状態が、僕たちにとってはちょうどいい関係性だと思うんです。それを無理に変える方がよっぽどストレスです」

「……そういうものなのか？」

「感覚的にはそうですね」

「しかし、理想形はやはり、名前で呼び合うことだと思う」と風間さんが真顔で言う。

「他人行儀な部分を減らすことで、我々はより深く分かり合えるはずだ」

風間さんはそう言うと、「よし」と人差し指を立てた。

「ではこうしよう。少なくとも二人だけの時は、『先生』を付けるのをやめなさい。私は君のことを『桜庭くん』と呼んでいる。敬称をやめることで対等になる」

風間さんが僕を見る目は真剣《しんけん》で、これだけは譲るまいという強い決心が瞳にみなぎっていた。

その迫力《はくりょく》に押され、「……分かりました」と僕は頷いた。「じゃあ、これからは先生を付けないことにします」

「それでいい。試しに呼んでみたまえ」

「今、ここでですか？」

「慣れていく必要があるだろう。さあ、早く」

「えっと、じゃあ……か、風間さん……」

頭の中ではずっと「さん」呼びだったのだが、いざ声に出してみると違和感があった。

「よし、それでいい」

風間さんはとても満足そうな表情を浮かべていた。それを見てしまうと、「やっぱり先生に戻しませんか」とは言い出せなくなってしまった。

「では、我が家に帰ることにしよう」

風間さんが戸締まりを済ませ、いそいそと教員室を出ようとする。

「早くしなさい、桜庭くん」

ドアノブに手を掛け、風間さんが振り返って言う。

「分かりました、風間さん」

僕は小さく肩をすくめ、いつも使っているリュックサックを背負《せお》った。

第二話

死の隠れ家は、愛情の香りに包まれて

1

冷たい夜気が、私の体に染《し》み込んでいく。

私は暗い廊下《ろうか》に立ち尽くしていた。呼吸が荒《あら》くなっている。心臓が激しく血液を送り出し、全身をどくどくと波打たせていた。

胸に手を当て、足元に目を落とす。和室から漏《も》れる常夜灯《じょうやとう》の橙《だいだい》色の光は、動かなくなった「それ」をぼんやりと浮《う》かび上がらせていた。

微動《びどう》だにしない、人の形をした塊《かたまり》。

——死体。

私がついさっき、この手で生み出したものだ。小さいな、と私は思った。そんな感想を抱いたのは、これが初めてだった。

私の足首に、ビニール紐《ひも》が絡《から》みついていた。それを取ろうとした瞬間、遺体《いたい》の顔が視界に飛び込んできて、私はとっさに目を閉じた。幼さの残るその顔が、苦悶《くもん》の表情に歪《ゆが》んでいるのを見たくはなかった。

共に暮らした期間は長くはなかった。それでも、人生で出会った誰《だれ》よりも愛《いと》おしい存在だと感じていた。それは今も変わっていない。

あの日、公園で出会ってすぐ、ずっと一緒にいたいと思った。大人と子供の間に愛情が成立するはずがない――そんな常識は、私たちには通用しなかった。私が抱いた夢は叶《かな》ったはずだった。それを、自分の手で台無しにしてしまった。

足元から這《は》い上がってきた冷気が、私の背中を撫《な》でていく。それで私は我《われ》に返った。いつまでも感傷に浸《ひた》っている場合ではなかった。遺体をこのままにはしておけない。

和室に入り、障子《しょうじ》に歩み寄る。音を立てないように障子を開け、縁側《えんがわ》に出た。ガラス戸のカーテンを開けて、裏庭の様子を確認する。

広さはおよそ五メートル四方。隅《すみ》の方に電話ボックスほどの物置が設置《せっち》してある。近いうちに花壇を作るつもりだったが、今は枯《か》れた雑草が広がっているだけだ。

庭の南側と西側はブロック塀《べい》で囲まれており、塀の向こうにはどちらも一軒家が建っている。ただし、今はどちらも空《あ》き家《や》だ。夜中に土を掘り起こしていても、それに気づく人間はいない。

ここに埋《う》めるしかない、と私は判断した。

自分一人でやれるだろうか……？

広がりかけた不安を、私は首を振《ふ》って追い払った。放置すれば遺体はどんどん朽《く》ちていく。今の生活を守るためには、やるしかないのだ。

私は頬《ほお》を軽く叩《たた》くと、靴を取りに行くために玄関《げんかん》へと足を向けた。

2

　僕はキーボードを打つ手を止め、ノートパソコンの画面《がめん》の隅に表示された時刻《じこく》に目を向けた。午前十一時五十九分。あと一分で昼休みになる。

　作業報告書はまだ書きかけだ。僕の勤めるまごころクリーニングサービスでは、作業者が自ら清掃《せいそう》内容を文章にまとめる決まりになっている。面倒だなと感じることもあるが、文章にすることで作業の無駄を発見できる場合もあるので、なるべく丁寧《ていねい》かつ詳《しょう》細《さい》に書くように心掛けている。

　たぶん、あと三十分ほどで書き上がるだろう。昼休みの間に仕上げてしまおうかと思ったところで、「桜庭《さくらば》くん」と声を掛けられた。

　画面から顔を上げると、斜向《はすむ》かいの席にいた野々口《ののぐち》くんと目が合った。彼はまごころクリーニングサービスの正社員で、清掃依頼《いらい》の処理担当をしている。電話やメール、FAXなどで届いた依頼の内容を吟味《ぎんみ》し、対応可能かどうかを判断した上で、作業日程を考慮《こうりょ》しつつ作業員の割り当てを行うのだ。

　経験と判断力が必要な、なかなか難しい仕事だと思うが、野々口くんは僕たちがいつも気持ちよく働けるように頑張ってくれている。ちなみに彼は、夏でも冬でも丸刈りという、ひと昔前の高校球児のようなポリシーの持ち主である。

「あ、うん、何かな」

「樹《いつき》さんと外に食べに行く約束をしたんだけど、一緒にどうかなと思って」

「……えーっと、どこの店？」

僕は警戒心《けいかいしん》がなるべく顔に出ないように気をつけながら尋《たず》ねた。死香《しこう》の副作用で食べられないものが増えたせいで、外食が難しくなった。自分が食べるものはもちろん、同席する人のメニューや、近隣《きんりん》の席の客が注文したものまでケアする必要がある。

野々口くんが分かっている、というように頷《うなず》く。

「最近オープンした焼き鳥の店だよ。ランチで鳥系のメニューをいろいろ出してるんだ。そこなら桜庭くんも大丈夫だと思うんだけど、どうかな」

「問題ないと思う。ありがとう」

米や小麦《こむぎ》、ニンジン、ミツバなどのセリ科の植物などが軒並《のきな》みアウトになっているが、肉系は大丈夫なものが残っている。ダシや香辛料《こうしんりょう》を使っていない、シンプルな鳥料理なら食べられる。

報告書の作成も大事だが、同僚《どうりょう》の誘いを断るほど急ぎの仕事ではない。僕はノートパソコンの蓋《ふた》を閉じて席を立った。

野々口くんと部屋を出る。「樹さんは？」と僕は廊下の前後を見回した。

「朝に話した時は、店の方に直接行くって言ってたよ。午前中は清掃の仕事が一件入ってたんだ。今はシャワーを浴《あ》びて着替えてるところじゃないかな」

「そっか。じゃ、先に行って待ってようか」

話をしながら階段を降《お》り、回転扉を開けて外に出る。四枚のガラス戸が十字型に組み合わされたもので、僕はこの建物でしか見たことがない。出入りするたびになんとなく昭和を感じる。

まごころクリーニングサービスの事務所は、台東《たいとう》区の谷中《やなか》にある。この地域には下町の風情が感じられる場所がいくつもあり、最近は外国人にも人気の観光スポットになっている。そのため平日の昼間でも結構人通りがあって、若干《じゃっかん》歩きづらい。

野々口くんの案内で、狭《せま》い路地を進んでいく。

「ところで、前に頼んだ話、何か進展はあった？」

水を向けられ、「……前に？」と僕は首をかしげた。

「え、忘れたの？　ほら、合コンの件」

「ああ、はいはい、覚えてるよ」

先月、飲み会の席でそんな話が出たことを思い出した。東京《とうきょう》科学《かがく》大学の学生を誘って合コンを開いてほしい、と頼まれたのだった。

「どう、学生さんの反応は」

「うーん、打診《だしん》したわけじゃないけど、今は時期が悪いかな」と僕は頭を掻《か》いた。「四年生は卒業発表の準備があるし、院生は三月の学会の資料作りで忙《いそが》しいみたいなんだ。やるとしたらそれが一段落する三月末かな」

「卒業コンパに呼んでもらえるってこと？」

「いや、さすがにそれは」と僕は苦笑した。「部外者を招待《しょうたい》するのは難しいよ」

「それは分かるけど、なんとか頼むよ」と野々口くんが立ち止まって手を合わせる。

「……分かった。個人的な飲み会を開けないか、訊《き》いてみる」

僕の返答に、野々口くんはため息をついた。

「……必死すぎるな、って思ったよね」

「いや、うーん。……正直に言えば、ちょっとはね」

「みっともないことをしている自覚はあるんだ。でも、どうしても焦《あせ》ってしまう。僕にとっては、『彼女がいる』っていう状態が幸福の象徴《しょうちょう》なんだよ。いつも誰かを好きでいたいし、好きでいてほしいんだ。……これって変な考え方かな」

「そんなことはないよ。何に重きを置くかは個人の自由だから」

「桜庭くんは今、彼女はいないんだよね。平気なのかい？」

少し考えて、「特に現状を変えようとは思わないかな」と僕は言った。「恋愛《れんあい》を楽しめる状況にない気がするんだ」

「ああ、そっか。バイトの掛け持ちをしてるんだよね。忙しくて当然か」

「まあね」と僕は視線《しせん》をそっと逸《そ》らした。

恋愛に及び腰なのは、忙しいからではない。もちろん、死香という大問題の解決を優先したいという気持ちはある。それと同時に、僕の中にはある女性との間に起きた出来事の記憶《きおく》が色濃《いろこ》く残っている。恋人になりたいと思った相手が、殺人罪で逮捕《たいほ》される——その経験が、人を好きになることへの躊躇《ちゅうちょ》に繋《つな》がっている気がするのだ。

「おいおい、なんでこんなところで立ち話をしてるんだ？」

聞き覚えのある声に振り返ると、樹さんが怪訝《けげん》そうな表情で僕たちを見ていた。

「あ、お疲《つか》れ様です。これから店に行くところなんです」

野々口くんはそう言って、樹さんの頭をじっと見つめた。

「ああ、これか」と樹さんが髪に触《ふ》れる。「生乾《なまがわ》きだって言いたいんだろ。シャワーを浴びて、急いで事務所を出てきたんだよ。そりゃまあ寒いけど、そのうち乾くって」

「いや、そうじゃなくて……ずっと黒髪だな、と思いまして」

言われてみれば確かに。樹さんは昨年の夏までは、髪を金色に近い茶色に染めていた。しかし、九月半ばに黒に染めてからは黒を維持《いじ》している。交際中の彼女さんにそうしてほしいと頼まれたそうだ。

「黒で何か問題あるか？」と樹さんが三白眼《さんぱくがん》で野々口くんを睨《にら》む。

「彼女さんとの交際が順調なんだなと思うと、うらやましくって」と野々口くんが嘆息《たんそく》する。「年始にあちらの実家に挨拶《あいさつ》に行ったんですよね？」

「ああ、行ったけど」

「ご両親の反応はどうでしたか」

「……思った以上に温かく受け入れてもらったよ。特殊《とくしゅ》清掃の仕事についても理解を示してくれた。ただ、予定外のこともあってさ」と樹さんが耳たぶをつまむ。「雰囲気《ふんいき》に流されて、勧められた酒を飲み過ぎてさ。酔《よ》った勢いで、『今年中に結婚《けっこん》します！』って宣言しちまったんだよな」

「それはまた大胆《だいたん》な」と野々口くんが目を丸くする。「守るんですか、その約束」

「やっぱりなかったことに、ってわけにはいかないだろ。実質的な婚約だよ。新居も決まったし、そのつもりで準備を進めるさ。もちろん急ぐつもりはないけどな」

少し照れ臭そうに、でもどこか誇《ほこ》らしげに樹さんはそう言った。充実したその表情を見ていると、こちらまで嬉《うれ》しい気持ちになった。

ちなみに樹さんの新居は、風間《かざま》さんに頼んで探してもらった物件だ。新しい家が二人にとっての門出の場所になるなら、手助けした甲斐《かい》があるというものだ。

「ほれ、立ち話は終わりにして飯《めし》にするぞ」

樹さんが僕たちの肩を叩く。今日の昼食はいつもより楽しい雰囲気になりそうだ。僕は死香の副作用のことを考えないようにしながら、二人と共に歩き出した。

3

その日の夕方。特殊清掃の仕事を終えて自宅《じたく》に戻ると、玄関で風間さんが出迎《でむか》えてくれた。

「あれ、今日は早いんですね」

「相談したいことがあって、いったん帰宅《きたく》した。夕食後に風間計器《けいき》に行く予定だ」

「そうですか。じゃあ、すぐにご飯にした方がいいですよね」

「そうしてもらえると助かる」

風間さんと共にリビングに向かう。すでに食事の準備は整っていた。焼いた牛肉や豚肉の載《の》った皿の横には、淡い黄色をした薄いパンを積み重ねた皿が置かれていた。トウモロコシの粉から作ったトルティーヤだ。

米や小麦を避けつつ穀物《こくもつ》を摂取《せっしゅ》するとなると、選択肢《せんたくし》はかなり限られる。その厳《きび》しい制限の中で見つけ出したのがこれだった。焼いた肉や野菜を載せれば、立派《りっぱ》なタコスのできあがりだ。これなら、食材の匂《にお》いをごまかす必要はない。風間さんと同じものを食べることができる。

向かい合わせにテーブルにつき、さっそくトルティーヤを手に取った。風間さんに勧められるまでほとんど食べたことがなかったが、空腹感を煽《あお》るような、甘《あま》くて香ばしい匂いがする。

肉を挟《はさ》んで食べる。うん、やっぱり今日も美味《おい》しい。トウモロコシの風味がしっかりと感じられる。肉から出た脂《あぶら》が染みたところが最高だ。タコスの本場はメキシコだが、現地に行ってもこれを超《こ》えるものには出会えないだろう。

「これは風間さんが?」

「そうだ。手早く作れるものだったので、さっと準備をした」

「ありがとうございます。とても美味しいです」

「君に喜んでもらえると、こちらまで嬉しくなる」と風間さんが微笑《ほほえ》む。

「以前から不思議だったんですけど、昔から自炊《じすい》をされていたんですか?」

「家事として、という意味ではノーだ。ただ、外で食べた料理を再現する趣味《しゅみ》にのめり込んでいた時期があった」

「それは美味しいものを食べたかったからですか?」

「いや、味覚や嗅覚《きゅうかく》を理解するためだ」と風間さんがトルティーヤをちぎって上品に口に運ぶ。「自分の感じた『味』がどういう素材《そざい》で構成されていたかを調べるために、食べたものの再現に挑《いど》んでいたのだ」

「つまり、研究の一環《いっかん》だったと」

「そう捉《とら》えてもらって構わない。実際、大学での研究テーマになったケースもあった。料理には分析《ぶんせき》研究のアイディアがたくさん隠れているように思う」

なるほど、と僕は頷いた。やはり風間さんの生活の根幹《こんかん》には研究があるらしい。普通《ふつう》の人が当たり前にやっている生活の動作一つ一つが、彼にとっては新しい発想を生み出しうるチャンスなのだろう。

風間さんの生き方に感心しつつ、しばらく食事を楽しむ。

デザートの皮の薄いみかんを食べ終えたところで、風間さんが「では、そろそろ話をしよう」と切り出した。「今日の午後に、曽根《そね》刑事から相談を受けた」

曽根さんの名前が出たことで、自然と背筋《せすじ》が伸《の》びた。間違いなく、犯罪絡みの案件だ。唾《つば》を飲み込み、「どんな内容でしょうか」と尋ねる。

「まだ報道はされていないが、都内で誘拐《ゆうかい》事件が発生した。いなくなったのは十歳《さい》の女児で、十日前から行方不明になっている」

「誘拐だと確定しているんですか」

「ああ。身代金の要求があったようだ」

「そうですか。それで、曽根さんの相談というのは？」

「端的《たんてき》に言えば、女児の生死を確認する方法はないか、という内容だった。女児を人質に取られている状況では思いきった策を取りにくいのだろう。言い方はよくないが、その『枷《かせ》』を取り除けば、犯人確保の難易度《なんいど》は下がる」

ああ、と吐息《といき》が漏れた。

3－メチルチオ－1－プロパナール、ベンゾニトリル、2－メチル－5－エチルピラジン……これらは死香を構成している物質の具体例だ。死香のことは警察に伏《ふ》せているが、遺体が放つ匂い物質についての科学的知見は包み隠さずに報告している。誘拐事件の捜査員が、「匂いから人質の生死を判断できるのでは」と考えるのは自然な発想と言えるだろう。

「分析に使えるサンプルはあるんでしょうか」

「詳しくは私も把握《はあく》していない。あるとしても、身代金の受《う》け渡《わた》し場所の空気くらいだろう。屋外の可能性が高く、仮に死香が存在したとしても極めて低濃度《ていのうど》だと思われる。経験上、現段階で利用可能な分析機器では検出するのはまず不可能だ。もし調査を引き受ける場合、君の特別な能力に頼ることになる」

コンディションは厳しいが、事件が起きてからまだ日が浅い。条件によっては死香を感じ取れるはずだ。無論、そこに死香があれば、の話だが。

「今回の依頼については、君に判断を委《ゆだ》ねたい」

風間さんは椅子《いす》の背に体を預け、僕の顔をじっと見つめてきた。「どうしてですか」

と僕は尋ねた。

「大きな理由は二つある。一つ目は、技術的な問題だ」と風間さんが右手の人差し指を立てる。「さっきも言ったように、現在の私の分析技術は死香感知に充分なレベルに達していない。不確かな土台の上で作業しても、得られるのは不確かな結果だけだ」

「もう一つの理由は……」

「二つ目は、確実性の問題だ。仮に何らかの手段で死にまつわる分子を感知したとしても、それが誘拐された女児の遺体から放たれたものだとは断定できない。他の死が関わっているかもしれないし、あるいは人の死とは無関係にそこに存在していただけかもしれない。私の研究は死香の分析だ。『死』から『匂いの情報』を得ることはできても、その逆はできない」

風間さんは一切つっかえることなく説明し、「だが、君は違う」と言った。

「桜庭くんは、死香を全体で捉えている。個々の分子の情報に頼ることなく、『食材の香り』という形で感じ取ることができる。死が関わっているかどうか、非常に高精度に判定することが可能なのだ。――そうだろう?」

「そう……だと思います」

先日の河川敷《かせんしき》の事件では肥料《ひりょう》の匂いを死香と認識してしまったが、基本的に遺体由《ゆ》来《らい》の匂いかどうかを見誤ることはない。

　死香の感知と科学的な分析の違いは、絵画を見るポジションに喩《たと》えられる。風間さんが至近《しきん》距離から絵を見ているのに対し、僕は離れたところから同じ絵を観賞している。どんな絵の具が使われているかは分からなくても、そこに何が描かれているかを素早く理解することができる。

「私からの説明は以上だ。君に判断を委ねると言った理由が分かったと思う」風間さんはそう言ってグラスの水を飲んだ。「結論は、今この場で出さなくてもいい。明日の朝までに聞かせてほしい」

「風間さん」僕はテーブルに腕《うで》を載せ、前傾《ぜんけい》姿勢を取った。「考える時間は必要ありません。断るという選択肢は最初からないです。やらせてください」

「正直なところ、君ならそう言うと分かっていた」わずかに微笑み、風間さんはまたすぐに表情を引き締めた。「君の意志を尊重しよう。ただ、君がまた捜査への協力を申し出るのではないかと懸念《けねん》している」

「今回に関しては、そこは自重《じちょう》するつもりです。素人《しろうと》の出る幕《まく》ではないと思いますから」と僕は神妙に言った。誘拐事件は犯罪の中でも特殊なものだと思う。自分の行動一つで人命が失われる危険性がある。

「そうか。賢明《けんめい》な判断だ」

「ただし、死香が感じられた場合は事情が変わってきます。死香から得られる情報を捜査に活用するために、自分にできることを模索《もさく》することになると思います」

「……やむを得ないだろうな」と呟《つぶや》き、風間さんは腕を組んだ。「では、今夜中に曽根刑事に返事をしておこう。明日から動くつもりだ。あれこれ考えたくなるだろうが、今日はしっかり睡眠をとっておきなさい」

「分かりました。頑張ります」

僕は風間さんに頭を下げて席を立った。食器の片付けは僕の仕事だ。といっても高性能な全自動食洗機《しょくせんき》があるので、大した作業量ではないのだが。

風間さんと一緒に食器をキッチンに運ぶ。それが一段落したところで、「あの、一つ訊きたいんですけど」と僕は風間さんに声を掛けた。

「なんだね？」

「誘拐の件について曽根さんから相談があったことを、どうして教えてくれたんですか？　僕が『やりたい』って言うって予想されてたんですよね」

「理由は単純だ。君に対して隠し事をしたくないのだ」と、風間さんは即答した。「君との専属研究契約は、あと二十八年と十一カ月ほど残っている。長期間の契約を維持するためには信頼《しんらい》関係が重要だと私は考える。誠実であろうとするのは当然だ」

「……その気持ちは嬉しいです。でも、また研究が少し遅《おく》れてしまいます」

「些末《さまつ》なことだ。君がいなければ、私の研究は始まらない」

風間さんが手を伸ばし、僕の首筋に触れる。その手はとても大きく、繊細《せんさい》で、そして温かかった。

その温《ぬく》もりを感じながら、隠し事はやめよう、と僕は思った。風間さんの望むような確固たる信頼関係は、お互いに誠実でなければ成立しない。僕だけが一方的に嘘《うそ》をついていいわけがない。

「ありがとうございます。じゃあ、お言葉に甘えて先に休ませていただきます」

「ああ。風呂《ふろ》でしっかりと温まるといい。いくつか入浴剤《にゅうよくざい》を買い足しておいた。好きなものを使いたまえ」

頷き、僕は着替えを取りに自分の部屋に向かった。

一人になったところで、そっと首筋に手を当てる。風間さんに触れられた箇所は熱を持っていて、そこだけはすでに充分に温まっていた。

4

翌日《よくじつ》、午前八時過ぎ。僕は風間さんと共に、足立《あだち》区にある北千住《きたせんじゅ》警察署にやってきた。今日は水曜日で大学でのアルバイトがあったが、誘拐事件への対応を優先するため、休みにさせてもらった。

北千住警察署は六階建てで、人の背丈ほどもあるカエルのオブジェが玄関前に置かれている。誘拐事件は北千住警察署の管轄《かんかつ》する地域で起きていた。署内に専属チームが作られ、現在進行形で捜査に当たっているそうだ。

重大事件を担当していると知っているせいか、建物全体から緊張感《きんちょうかん》が漂《ただよ》っているように感じられる。

自動ドアを開けて中に入ると、ロビーに曽根さんの姿があった。その隣には、濃いグレーのパンツスーツを着た女性が立っていた。年齢《ねんれい》は四十代後半か。髪はショートボブで、大きな耳が左右ともあらわになっている。表情そのものは柔和《にゅうわ》でメイクも控《ひか》えめだが、瞳《ひとみ》は大きく、目力《めぢから》は強い。こちらに向けられた視線には確かな自信がみなぎっているように見えた。

「おはようございます。すみません、無理なお願いをしてしまって」と曽根さんが申し訳なさそうに言い、隣の女性に手のひらを向けた。「こちらは、警視庁特殊犯捜査第一係の久住令子《くすみれいこ》警部補です。特殊犯捜査係は誘拐・人質事件の捜査を専門に行う部署でして、彼女が今回の事件の陣頭指揮《しき》を執《と》っています」

「久住です」

落ち着きのある低い声で名乗り、彼女が右手を差し出す。風間さん、僕の順で彼女と握手《あくしゅ》をした。

「詳細は久住から説明いたします。部屋を取ってあります。こちらへ」

曽根さんの案内で、一階の奥《おく》の会議室に向かう。蛍光灯《けいこうとう》の光が弱く、妙に薄暗《うすぐら》い六帖《じょう》の部屋には、簡素なテーブルとパイプ椅子が置かれていた。テーブルの上にはピンク色の表紙のファイルが載っている。事件の資料だろう。

席についたところで、「お話を伺《うかが》う前に、確認させていただきたい」と風間さんが切り出した。「どういう経緯《けいい》で私のところに連絡《れんらく》が来たのでしょうか」

「あ、それは……」

曽根さんが口を開きかけたところで、久住さんが手を上げてそれを制した。

「風間先生のことは、以前から存じ上げております。臭気《しゅうき》成分の分析による新規捜査手法の確立を目指すという方針《ほうしん》は、非常に素《す》晴《ば》らしいものだと思います」

「ということは、あなたの方から曽根刑事に打診されたと？」

「ええ、そうです」と彼女が微笑む。

「私の技術を過大評価されていませんか」

「そこは曽根としっかり情報共有を行っています。お力を発揮《はっき》できる場面と、そうではない場面があるそうですね。今回の誘拐事件においては、必ずしも成果を出せるものではないと理解していますが、それで合っていますでしょうか」

「ええ。サンプルのコンディションが適切でなければ、分析は不可能です」

「そうでしょうね。失礼な言い方になりますが、ダメもとでお願いしている面はあります。『低リスクで使える手段はすべて使う』というのが、私の考え方です」

ずいぶん明《あ》け透《す》けな物言いだな、と僕は思った。ただ、だからこそ気を許せるというか、ちゃんと本音で話してくれているという安心感もあった。誘拐事件では、犯人と直《じか》に話をする場面もあるだろう。相手に警戒心を抱かせず、人質の安全を確保しつつ情報を引き出す——久住さんはそういうスキルを身につけているに違いない。

「そちらの考えはよく分かりました。では、事件の詳細をお願いしたい」

と、そこで久住さんの視線が僕の方に向けられた。

「桜庭さんはこの場に同席する必要があるのですね？」

「無論です。彼は、私の右腕として活躍《かつやく》しています」と風間さんが誇らしげに言う。

「情報漏洩《ろうえい》を心配しているのなら、杞憂《きゆう》もいいところです。桜庭くんは不用意に捜査情報を他言するような人間ではありません」

「そうでしたか。すみません、失礼なことを申し上げました」

久住さんが僕に頭を下げる。「いえ、気にしてませんから」と僕は手を振った。

「では、改《あらた》めて事件のことをお話しします。誘拐されたのは、足立区内の小学校に通う四年生の女児です。名前は、松下優杏《まつしたゆあん》さんといいます」

久住さんがファイルを開き、こちらに向ける。そこに優杏さんの写真が載っていた。

どこかの公園で撮影《さつえい》したものらしい。噴水《ふんすい》を背景にピースをしている。

十歳には見えないな、というのが写真を見た最初の印象だった。身長はその年代の平均程度だろうが、顔立ちが大人びている。痩《や》せて頬がすっきりしているから、余計にそう感じるのかもしれない。カメラに向けた笑顔はどこかぎこちなく、シチュエーションを理解してそれに合った表情を作っているように見える。

「優杏さんの母親から北千住署に連絡があったのは、先々週の土曜日……一月二十六日の午後九時過ぎのことでした。『この時間になっても子供が帰ってこない』という相談で、この時点では誘拐ではなく、単なる迷子という認識でした。なお、彼女がいなくなってから今日に至《いた》るまで、本件に関する情報は一般には公開されていません」

通報を受け、付近の警察署と連携《れんけい》を取って情報収集に努《つと》めると共に、彼女の自宅付近の監視《かんし》カメラの映像解析《かいせき》を行いました、と久住さんは説明した。

「その結果、優杏さんは自宅から一キロほど離れた公園を最後に、足取りが摑《つか》めなくなっていることが分かりました」

「その時点で誘拐の可能性が浮上したわけですね」

僕の問い掛けに、「まだ半々といったところでした」と久住さんは言った。「監視カメラでの追跡には限界がありますから、単なる見落としの可能性もありました。犯人からの連絡を受けて初めて、誘拐だと確定したというのが実情です」

「それまでは、北千住署の署員だけで対応していたんです」と曽根さんが横から補足する。「特殊犯捜査係が捜査に加わったのはそのあとです」

「もう少し早く動いていれば、捜査の状況は変わっていたでしょう」

久住さんが微《かす》かに眉《まゆ》をひそめる。所轄《しょかつ》の警察署との連携がうまくいかなかったことを悔しく思っているのだろう。

「警察の事情はその辺で結構です」と風間さんが冷静に言った。「身代金の要求があったと伺いました。犯人からの連絡というのはどういったものだったのですか」

「松下さんの自宅に、優杏さん自身が電話をかけてきたのです。先週の水曜日のことです。公衆電話からの発信で、『男の人に誘拐された。今、すぐ後ろで見張られている。警察には連絡しないでほしい。お金が必要だと言われたので、今から言う住所に、銀行のキャッシュカードと、暗証番号をメモしたものを郵送《ゆうそう》してほしい』という通話内容だったそうです。時刻は午前十時頃でした」

「……キャッシュカード？」思いがけない要求に僕は思わず声を出した。「具体的な金《きん》額《がく》は言わなかったんでしょうか」

「電話を取った優杏さんの母親によれば、『なるべくたくさんのお金が入ったカード』という風に言われたそうです」

その説明に、僕は不自然なものを感じた。誘拐事件の実情に詳しいわけではないが、身代金を要求する場合は三千万円とか五千万円とか、明確な数字を出してくるのが普通なのではないだろうか。条件を提示しなければ交渉は成立しない。そもそも、郵送なんて手段を取ったら、あっさり住所がバレると思うのだが……。

「それで、どうなりましたか」と風間さんが先を促《うなが》す。

「先ほど曽根が説明したように、この時点ではまだ特殊犯捜査係は捜査に参加していませんでした。誘拐事件においては、警察と被害者《ひがいしゃ》家族の信頼関係が重要になります。共に難局を乗り切るという姿勢を見せないと、ご家族が自己判断で動いてしまうリスクが高まります。本件も、その憂慮《ゆうりょ》すべき事態が起きてしまいました。警察に相談することなく、ご家族が犯人の指示通りに行動してしまったのです」

「その日のうちに、速達でキャッシュカードを送ってしまったんですよ」と曽根さんが顔をしかめて耳を掻く。「優杏さんの学費のために貯金していた口座だそうで、八十万円ほど入っていました」

　金額が少ない気もしたが、僕がそれに触れるより先に、「送付先の住所は？」と風間さんが質問した。その表情は引き締まって見えた。

「足立区の西部の、皿沼《さらぬま》という地域の住所です。後日確認したところ、古い一軒家が建っていました。もう二年以上も家人が不在《ふざい》の家ですが、郵便受けは空《から》でした。郵便局によると、木曜日に間違いなく郵便物を配達したという話でしたから、何者かが持ち去ったものと推測《すいそく》されます」

　久住さんの説明に、風間さんの瞳が輝《かがや》きだす。サンプルを採取《さいしゅ》すべき場所がはっきりしたことで、やる気が出てきたようだ。死香の有無《うむ》にかかわらず、風間さんはいつも嬉々《きき》としてサンプル採取を行っている。シュコシュコと注射器のプランジャーを動かすのが楽しくて仕方ないみたいだ。

「その地域と、松下優杏さんの自宅はどのくらい離れていますか？」と僕は尋ねた。

「そこそこ距離はありますね。六キロほどでしょうか。優杏さんの自宅は荒川《あらかわ》の南側にあります」

「その口座から現金は引き出されていましたか」

「ええ、一度だけ。先週の金曜日のことでした。被害金額は五十万円。カードで一日に引き出せる限度額です。使われたのは、川口《かわぐち》市内にあるショッピングモール内のＡＴＭでした」

　川口市は埼玉《さいたま》県だが、足立区に隣接している。犯人は比較的《ひかくてき》狭い範囲《はんい》で動いている。

「ショッピングモールなら、監視カメラの映像があるんじゃないですか」

「はい。現在詳細な解析中ですが、現金が引き出されたと思われる時間帯に、不審《ふしん》な人物がＡＴＭ付近のカメラに映っていました。こちらです」

　久住さんが手早く資料をめくる。

監視カメラの映像から切り出したものがプリントアウトされていた。斜め上から撮影されたもので、黒い帽子《ぼうし》を目深《まぶか》にかぶった人物が写っている。マスクをつけているので顔はよく分からない。黒のジャンパーに濃紺《のうこん》のジーンズという服装《ふくそう》で、割と小柄《こがら》に見える。体格的には男女どちらでもあり得そうだ。年齢もはっきりしないが、三十歳よりは若いような気がする。

僕は心持ち居住まいを正し、久住さんの方に顔を向けた。

「あの、素人の発想で恐縮《きょうしゅく》なんですが」と前置きしてから、「自作自演の可能性はありませんか」と気になっていたことを口にした。

「それはつまり、優杏さんが自ら計画して実行した誘拐だということでしょうか」

「あるいは、この画像の人物が首謀者《しゅぼうしゃ》かもしれません。優杏さんと前から知り合いで、遊ぶ金ほしさにこの計画を持ち掛けたというパターンもありうるかなと思います」

「捜査班の中にも、そういう意見はあります。そして、今のところはその可能性を否定する材料はありません。優杏さんの親類や知り合いにこの画像の人物がいないかどうか、現在確認中です」

久住さんが淡々《たんたん》と答える。声や表情に変化はなく、素人である僕の意見に苛立《いらだ》っている気配は感じられない。

「最近だと、ＳＮＳで繋がっていたというケースも考えなきゃいけませんなあ」

腕組みをしながら、曽根さんが自分に言い聞かせるように言う。

「それは本件が作為的《さくいてき》であるかどうかにかかわらず、常に考慮すべき点です」と久住さん。「優杏さんはスマートフォンやタブレット端末《たんまつ》を所持していませんでしたが、家族や友人の端末でSNSをやっていた可能性はありますか」

「誘拐犯が立ち寄った可能性がある場所は、公園、空き家、ATMの三箇所ですべてでしょうか」

風間さんの問いに、「現時点では」と久住さんが答えた。それを確認した瞬間、風間さんが立ち上がった。

「では、これからさっそくサンプル採取に向かいます。同行は不要ですので、場所の詳細な情報をいただきたい。伝え損《そこ》ねたことがあれば、随時《ずいじ》資料をお送りください」

矢継ぎ早に言いたいことを言うと、「行こうか、桜庭くん」と風間さんが部屋を出ていった。

風間さんの態度は一般的には無礼《ぶれい》に当たるものだ。慣れている曽根さんは平然としているが、久住さんは目を丸くしていた。

「すみません、急に打ち切るみたいになってしまって。屋外なので、少しでもサンプル採取を急ぎたいんです。終わりということで大丈夫ですか？」

「……ええ。ご協力、ありがとうございます。こちらの資料をお持ちください。くれぐれも情報漏洩にはご注意を」

久住さんが机の上のファイルを僕に差し出す。驚《おどろ》いた様子を見せたのは一瞬だけで、今はもう穏和《おんわ》な表情に戻っていた。さすがは誘拐事件の専門家だけある。精神のコントロール術に長《た》けているのだろう。

「ありがとうございます。やるからには全力を尽くします」

風間さんに代わって情報提供のお礼を言い、僕は会議室を出た。

風間さんがロビーで手招きしている。いよいよ力を発揮する場面が来た。僕は「よし」と太ももを軽く叩き、彼の方へと駆け出した。

5

北千住署をあとにした僕たちは、キャッシュカードが郵送された一軒家にやってきた。時刻は午前九時を少し過ぎた。天気予報によると、今朝は氷点下まで気温が下がっていたようだ。ただ、日差しがあって風がやんでいるので、そこまで寒さは感じない。

問題の一軒家は、住宅の密集する地区の中にあった。二階建てで、屋根の瓦《かわら》の中にはひびが入っているものもある。築《ちく》年数は五十年以上か。路地に面したブロック塀の向こうに、小さな庭があるようだ。

一階も二階も雨戸が閉められており、家からは何の音も聞こえてこない。木製の門扉《もんぴ》は黒ずんでいるが、まだしっかりしている。その向こうには、玄関へと続く石畳《いしだたみ》が見える。庭には雑草が生えているが、足に絡みつくほど伸びてはいなかった。

外観は、明らかな廃屋という感じではない。家の所有者は老人ホームに入所しているが、時々親族が手入れに来ているそうだ。

敷地の外から観察していると、「どうだね、桜庭くん」と風間さんに話し掛けられた。死香を感じるか？　という意味の問い掛けだ。

鼻から繰《く》り返《かえ》し息を吸い込み、「ここではまだ何も」と僕は首を振った。

「郵便物が持ち去られてから、最低でも五日ほどが経過しているからな。死香があったとしても、風や雨が大半を消し去ってしまっただろう」と風間さん。そういえば、日曜日は雨だった。しかも結構風が強かった記憶がある。

「……だとすると、公園の方に行っても仕方ないかもしれませんね」

優杏さんの姿が最後に確認された公園にも、一応足を運ぶつもりでいる。後日、本人の声で電話があったことから、その時点では彼女は生きていたわけで、当然死香は存在しないことになる。ただ、最近になって誘拐犯がそこを訪れた可能性はゼロではない。「放火犯は現場に戻る」なんて言葉もある。警察の動きを確認したいという心理が働くことはありうるだろう。

「採取を行うとしても、公園は最後だな。まずはここに集中しよう。私は待機しておく。君の思うように死香を探してみてくれ」

そう言って風間さんが一歩後ろに下がる。

「了解しました」と返して、僕は玄関へと足を踏《ふ》み出した。

問題の郵便受けは玄関ドアの右側にあった。壁に金具で固定されており、白い塗料《とりょう》が剝《は》げた部分は腐食《ふしょく》が進んでいる。上部の差込口に郵便物を差し入れる形で、盗難《とうなん》を防ぐための扉には鍵《かぎ》が差しっぱなしになっていた。これなら、誰でも郵便物を持ち去ることができる。

すでにここには鑑識《かんしき》の作業員が足を運んでいるはずだ。それでも念のために白手袋を嵌《は》め、僕は郵便受けに近づいた。

……これは……。

思わず足が止まる。

風間さんのところに戻って報告したい気持ちを抑え、郵便受けの前に立った。

深呼吸してから、僕は郵便受けの蓋を開けた。

中は空っぽだ。だが、その空間から緑茶《りょくちゃ》の香りが漂ってくる。

――死香だ。

郵便受けに鼻を近づけて嗅《か》いでみる。匂いは内側が強く、差込口周辺はほぼ無臭だ。

もし配達に来た郵便局員に死香が付いていた場合は、こうはならない。何者か——おそらくは誘拐犯——が蓋を開けて中身を取り出した時に付着した死香だろう。

玄関のガラス戸や庭に面した窓を確認するが、こちらは無臭だった。死香をまとった人物は他の場所には触れていないようだ。

死香をひと通り嗅ぎ終えて振り返ると、すぐそこに風間さんが立っていた。

「終わったようだな」

「……はい。郵便受けから、緑茶の死香が感じられました」

そうか、と呟き、風間さんは愛用のアタッシェケースを地面に置いた。中から気体採取用の注射器を取り出し、立ち上がる。

風間さんの表情に、僕は違和感を覚えた。せっかくのサンプル採取なのに表情が暗い。いつもなら、夏休み初日を迎えた小学生のように瞳を輝かせているのに。

「君は家の裏手を確認してくれるか」

「あの、風間さん。どうしてそんな顔をしているんですか」

「……今回は、普段の事件と異《こと》なる部分が多い。誘拐事件であること。いなくなったのがまだ十歳の子供であること。そして、人の死が絡むかどうか不明だったこと。その違いを、君もよく理解していると思うが」

「あ、はい。それはもちろんですけど……」

「死香が感知されたことで、不明瞭《ふめいりょう》だった事件の輪郭《りんかく》が明らかになった。その結果、君がこの事件に深く関わろうとするのではと私は憂慮している」

「それは……」

僕はうつむき、自分の心と向き合うために目を閉じた。

「……まだ動揺《どうよう》していて、これからのことを考える余裕《よゆう》はないんですけど、たぶんそうなると思います」

「どうかね？」

久住さんから事件の詳細を聞いた時、僕は自作自演を疑った。手口に幼稚さが感じられたからだ。親への反発心から家出をした少女が、誘拐を装《よそお》って金を巻き上げようとした——その可能性は充分にありそうだと思った。

だが、死香を嗅いだことで考えが一変した。これは決して「誘拐ごっこ」などではない。そう考えて動くべきだ。

僕が嗅ぎ取った死香が、優杏さんの遺体から放たれたものだという証拠はない。ただ、死香をまとった人間がこの事件に関わっているのは間違いない。

十歳の女の子が危機に晒《さら》されているかもしれないと思うと、居ても立ってもも居られない気持ちになる。その焦燥感《しょうそうかん》は、優杏さんの安否がはっきりするまで解消されることはないだろう。

「君がそのような気持ちでいると思うと、ニコニコとはしていられない」

「すみません、またご心配をお掛けしてしまいますね」

「いや、謝る必要はない。君の心と自分の心が共鳴したようで、そこに小さな喜びを覚えた。自分の新たな一面を発見させてもらったよ」

風間さんは微かに口の端《はし》を上げると、「話をしている時間がもったいないな。お互い、やるべきことをやるとしよう」と注射器を構えた。

「そうですね」

力強く頷き、僕は家の周囲の死香を嗅ぐ作業を始めた。

風間さんの今の言葉は意外なものだった。風間さんは何より自分の研究を大切にしていて、それ以外のことには関心がないのだと思っていた。研究の効率を下げるような障害《しょうがい》を何より嫌《きら》っていると思い込んでいた。

だが、必ずしもそうではないようだ。その気づきに、心が温かくなる。

風間さんは僕の心を理解し、寄り添おうとしてくれている。そのことがシンプルに嬉しかった。

6

その日の午後四時過ぎ。僕たちは文京区《ぶんきょう》にある東理《とうり》大学へと向かっていた。

東理大学は国立大学の中でも特に設立年度の古い、歴史のある大学だ。ノーベル賞の受賞者を何人も出しており、科学の名門校として世界的に知られている。入学試験は日本でトップクラスの難易度を誇っており、合格者は生涯《しょうがい》にわたってエリートとして扱われる宿命にある。ちなみに風間さんの母校だ。

車は首都高速を走っている。昼間だがそこそこ込み合っていて、速度があまり出ていない。代わり映《ば》えしない景色《けしき》が、イライラする遅さで流れていく。

「疲れているのではないかね？」

隣から風間さんが声を掛けてくれた。

「大丈夫です。元気ですよ」と僕は力こぶを作ってみせた。「特殊清掃の仕事に比べたら、疲労度《ひろうど》は全然です」

「しかし、精神的に疲弊《ひへい》しているだろう」

「まあ、多少は」と僕は正直に言った。

足立区皿沼の一軒家を調べたあと、僕たちは川口市内にあるショッピングモールに足を運んだ。キャッシュカードが使われたＡＴＭを調べるためだ。

ショッピングモールは三階建てで、中央が吹き抜けになっていた。規模《きぼ》はそこまで大きくはなく、各階におよそ二十のテナントが入っている。

問題のＡＴＭは、二階の通路の突き当たりにあった。手前にはカプセルトイの小型自動販売機がずらっと並ぶ一画があったが、閑散《かんさん》としていて辺りにひと気《け》はなかった。出入口や地下の駐車場《ちゅうしゃじょう》からも遠く、利便性は低い。利用者の少ない穴場的なＡＴＭであるようだ。

ＡＴＭを勝手に調べて怪《あや》しまれるといけないので、施設《しせつ》の従業員に捜査の一環《いっかん》であることを伝え、警備員立ち会いのもとで死香の確認作業を行った。

その結果、ＡＴＭのカード差込口や入力用のタッチパネルに緑茶の死香が付着していることが分かった。郵送されたキャッシュカードを持ち去った人物がこちらにも足を運んだのは明らかだ。つまり、監視カメラに映っていた人物が何らかの死に関わっているのは間違いないと思われた。

死香を感知したあと、僕はショッピングモール内の調査に移った。もし緑茶の死香を感じ取れたら、捜査の手掛かりになるからだ。

一時間ほど歩き回ったが、ＡＴＭからエスカレーター前までの死香はなんとか感じ取れたものの、そこから先は匂いが拡散《かくさん》してしまってどうにもならなかった。分かったのはエスカレーターを使って二階に上がったということくらいだ。

この結果は、監視カメラの映像と合致《がっち》している。帽子の人物は四つある出入口の一つから入り、二階のATMを使ったあとは同じ出入口から出ている。滞在時間はわずか十分程度だった。

駐車場の監視カメラには問題の人物は映っていなかったという。駐輪場の死香も確認したが、緑茶の匂いはしなかった。どうやら徒歩《とほ》でショッピングモールに来たらしい。

経験上、人通りの多い場所では死香を追跡するのは難しいと分かっている。一応、出入口周辺の匂いも嗅いでみたが、やはり緑茶の死香は消えてしまっていた。

ということで、ショッピングモールでの調査結果はあまり芳《かんば》しいものではなかった。収穫《しゅうかく》といえば、風間さんが分析に使えるサンプルが増えたことくらいだ。

調査を終え、続いて僕たちは足立区内の公園に足を運んだ。優杏さんが最後に目撃された場所だ。

工場の跡地を整備した公園で、およそ一二ヘクタールの広さがあった。池のある芝生《しばふ》広場の周囲を遊歩道が巡《めぐ》っており、千本を超える木が植えられている。一方で遊具は一切設置されていないという、「自然らしさ」を感じられる場所だった。

優杏さんは遊歩道沿いのベンチに座っているところを、通り掛かった住民に目撃されていた。そのベンチを中心に死香を探したが、匂いが感じられた場所はなかった。

「疲れているなら、今日はこのまま帰宅してもらっても構わない。あとは私の方で対応しておく」

そう言って、風間さんが僕の膝《ひざ》に手を置いた。

「いえ、せっかくここまで来たのでご一緒させてください」と僕は言った。

これから風間さんは、東理大で准《じゅん》教授をしている研究者に会うことになっている。名前は蓮城駆留《れんじょうかける》さん。風間さんの大学時代の同級生で、コンピューターを使ったデータ分析の専門家だそうだ。

蓮城さんはこの間の河川敷での事件で、投石の軌道《きどう》解析を担当してくれた。そして、今回の誘拐事件では監視カメラの画像解析を行っている。捜査への協力のお礼と挨拶を兼ねて一度会ってみたいと思っていた。疲れていても話くらいはできる。

「……会わせたくない、という気持ちも多少はあるのだ」と風間さんが窓の外に目を向けた。車は高速道路を降り、一般道に入っていた。

「どうしてですか」

「何かの用件で蓮城に会う時、私は常に一人だ。君を連れて行けば、『どうしたのだろう』と違和感を抱くだろう。蓮城は洞察力《どうさつりょく》に長けている。君が特別な才能を秘《ひ》めていることに思い至るかもしれない」

ありえない、と言い切れない気はする。相手は風間さんの同級生で、大学時代から付き合いのある人だ。互いに研究者としてリスペクトしているからこそ、関係が長続きしているのだろう。ということは、風間さん並みに思考力が高いと見て間違いない。

「……たったそれだけの情報で、そこまで見抜いちゃいますか。でも、死香というところまでは発想が及ばないのでは？」

「それもどうだろうか。我々は互いの研究内容を把握している。私の研究方針が変わったことはすでに話しているが、『犯罪現場の臭気成分』に力を注ぐことに決めた理由は伏せている。私を変えた『何か』のことが気になっているはずだ。君という存在を、方針転換のキーパーソンと推測してもおかしくはない」

「なるほど……。やっぱりバレるとまずいでしょうか」

「信頼できる男だが、積極的に話すつもりは毛頭《もうとう》ない」風間さんはため息をつき、僕の方にまっすぐな視線を向けてきた。「いずれにせよ、長く君と共に活動していれば、いずれ蓮城を紹介する機会もあるだろう。それが今日になるというだけだと割り切ることにしよう。質問があれば私が答える。不用意な一言には注意してほしい」

風間さんに念を押され、僕もなんだか不安になってきた。ドキドキしながら車に揺られることしばし。緩《ゆる》い坂を上っていくと、東理大の正門が見えてきた。

白い大理石の正門の前で車を降りる。この門は大学の創立当初からここにあるらしい。軽く百年は経《た》っていることになる。二本の門柱の高さは三メートル近くあるだろう。ま

るで、知性を司《つかさど》る二人の巨人に見下ろされているようだ。母校なのだから当たり前だが、

溢《あふ》れ出る威厳《いげん》に足がすくみそうになるが、風間さんは平然と門をくぐっていく。母校なのだから当たり前だが、正門の荘厳な雰囲気に負けていないところはさすがと言うべきだろう。僕も気後れしている場合ではない。あまり周りを見ないようにしながら、風間さんのあとを追って歩き出した。

広い歩道をまっすぐに進んでいくと、噴水のある広場に出た。冬だからか、噴水の水は止められている。周囲にベンチが並んでいるが、そこも無人だ。晴れて日差しがあるとはいえ、真冬のこの時期にあえて座る学生はいないようだ。

広場を通り過ぎてもう五〇メートルほど行くと、五階建ての建物が見えてきた。レンガを積み上げた外壁はいかにも頑丈《がんじょう》そうで、ところどころ白くなったり黒くなったりしている。長年にわたり外気にさらされて生じた変化だろう。歴史を表す勲章《くんしょう》みたいなものだ。

蓮城さんの研究室はここの一階にあるという。風間さんと共に玄関の自動ドアをくぐり、掲示物の貼《は》られたロビーを斜めに突っ切る。

何も物が置かれていない、不自然に広い廊下を進んでいく。目的の教員室は、突き当たりの非常口の手前にあった。『物理計算科学研究室』というのが、蓮城さんの研究室の名前だった。

風間さんが教員室のドアをノックする。五秒後、薄水色のドアが開いた。

現れたのは、風間さんと変わらぬ長身の男性だった。細い眉は何らかの物理演算が施《ほどこ》されたのでは、というほどきっちりと左右対称で、楕円形《だえんけい》の眼鏡《めがね》のレンズは淡いグリーンをしていた。冬だというのに、白抜きのハイビスカスが描かれた水色のアロハシャツを着ている。茶色く染めた髪の先端《せんたん》は鎖骨《さこつ》に届くほどの長さだ。地中海沿岸の港町にバカンスに来た人、みたいに見える。

室内は強めに暖房が利《き》いていた。なるほど、これなら半袖《はんそで》でも大丈夫だ。

「さすが、きっちり予定通りの到着だな」

手首のスマートウォッチを確認し、男性が小さく微笑む。

「私の運転手は優秀だ。渋滞《じゅうたい》しようが悪天候《あくてんこう》だろうが、あらかじめ伝えてあった到着時刻を外すということはない」

「死ぬほど無口だけどな」と言って、男性は僕に視線を向けた。「君が噂《うわさ》の助手くんだね。初めまして、蓮城です」

蓮城さんが差し出した手を握る。節《ふし》くれだっているのに指先は柔《やわ》らかい。不思議な感触だった。彼の体からは、甘くてしっとりしたムスクの香りがしている。

「桜庭です。僕のことをご存じだったんですか」

「風間からは、助手を雇《やと》ったとだけ聞いていた。経歴が気になるな」

ろうか。

「え、経歴……」

どう答えればいいのだろう。一応大学は出ているが、所属《しょぞく》していたのは文学部だ。分分析科学を専門に学んだわけではない。正直にそう言うと違和感を持たれるのではないだろうか。

「彼は研究畑の人間ではない」と風間さんがすかさず口を挟む。「あくまで事務作業を手伝ってもらっているだけだ」

「そうなのか。どういう経緯で彼を雇うことになったのかな」と蓮城さんが顎《あご》に手をやる。「馬の合わない人間を君が身近に置くとは思えないんだが」

「悪いが、詮索《せんさく》はやめてもらいたい。桜庭くんが困惑《こんわく》する」

「分からないな。どうして困るんだ、この程度の質問で。今日は挨拶のために来てくれたんだろう？　桜庭くんのことを詳しく知ろうとするのは、ごく当たり前のことだと思うんだが」

「顔を合わせたからといって、個人情報を明かす義務は生じない。彼は私の助手で、事務作業の一部を請《う》け負ってくれている。それで充分だろう」

「分かった、じゃあ質問を変えよう。警察への捜査協力に力を入れるようになったのは、桜庭くんの意思かな」

「犯罪現場の臭気分析なら、彼を雇う前から行っていたが」

「それは知ってる。だけど、捜査情報を得るための物理解析を依頼してきたのは、この前のが初めてだったじゃないか。風間が犯罪捜査に興味《きょうみ》を持つようになったとは思えない。別の人間の考えなんじゃないかと思ってね」

そう説明し、蓮城さんが僕の方に目を向ける。

淡いグリーンのレンズの向こうで、切れ長の目が僕の顔を捉えていた。風間さんの視線には目を逸らせなくなる迫力《はくりょく》があるが、蓮城さんの眼差《まなざ》しには包み込まれるような心地よさがあった。そして、情報を引き出したい、という情熱が感じられた。研究者だけあって、彼も好奇心が旺盛《おうせい》なのだろう。

「どうかな、桜庭くん」

「先ほどの質問の答えは、イエスです」と僕は蓮城さんの視線を受け止めた。「捜査への協力は、僕個人のわがままなんです。風間さんの研究にはさほど関係がないと分かっていても、関わった以上は力になりたくて」

「なるほど。それはとても常識的な考え方だ。むしろ風間の方が変わり者と言える。まあ、俺も似たようなものだけどさ」

蓮城さんは微笑して肩をすくめた。その自嘲《じちょうてき》的な物言いに、僕は親近感を覚えた。どうやら蓮城さんは誰とでも仲良くなれるタイプの人間であるようだ。風間さんは時に排他的《はいたてき》になることもあるが、彼ならそれをうまく受け止め、包み込むことができるのではないかという気がした。

「あの、改めてお礼を言わせてください。先日は投石の軌道計算を引き受けていただき、ありがとうございました。おかげで事件は無事に解決しました」

「いやいや、あれくらいのことは頼まれればいつでもやるよ」

「大変ではありませんでしたか」

「言い方はアレだけど、楽勝だったね」と蓮城さんがこともなげに言う。「コンピューターシミュレーションを通じて、宇宙を制御《せいぎょ》するあらゆる物理現象を究明する──それがウチの研究理念なんだ。投石の軌道計算くらい、サクッと終わらせられないとね」

「立派で壮大《そうだい》な目標ですね」

「その実現のために、モニターと向かい合う毎日だ。この何年かで急に眩《まぶ》しさに弱くなってね。それで色付きのレンズに替えたんだ」

蓮城さんが眼鏡のフレームに触れる。ハンディキャップを背負《せお》ったことを後悔している様子はない。むしろ誇らしげですらある。それだけ研究に励《はげ》んできたという自負があるのだろう。

「今回の画像解析にも協力してくださっているんですよね」と僕は水を向けた。

「そうそう。といっても顔認識じゃなくて、行動解析がメインだけどさ」

「行動解析……と言いますと」

「人間の動きを物理的に解析し、情報を引き出すということだ」と風間さんが蓮城さんに代わって答える。「肉体そのものではなく、動作から骨格を推測し、年齢や性別、怪我《けが》の有無《うむ》や癖《くせ》などを読み解くのだ」

「おいおい、人のセリフを取らないでくれよ」と蓮城さんが苦笑する。「そんなに桜庭くんにいいところを見せたいのか？」

「そういうわけではない。君が説明するより短くて済むと判断しただけだ」

風間さんは冷たく言い、「もう充分だろう」とドアノブに手を掛けた。

「そんなに慌《あわ》てて帰ることはないだろ。せっかく来たんだ。コーヒーくらい飲んでいってくれないか」と蓮城さんが部屋の隅のテーブルを指す。

「顔合わせという用件は済んだと認識している」と風間さんが突き放すように言う。その頑《かたく》なさに、ちょっとまずいんじゃないかな、と僕は思った。

この程度のことで、風間さんと蓮城さんの関係が悪くなるとは思わないが、普段と態度が違いすぎると、逆に僕という存在がクローズアップされかねない。「助手をこの場に長居させたくない理由があるはずだ」という疑問が、僕への好奇心をさらに煽る危険性がある。

ひょっとしたら、死香のことを隠したいという想いが、風間さんの冷静な思考を妨害しているのだろうか。

ここは、挨拶に来た人間として自然な態度を取るべきだ。僕はそう判断し、「せっかくですし、ごちそうになりませんか」と風間さんに声を掛けた。

僕と風間さんの視線がぶつかる。

少しの間迷う様子を見せ、「……分かった」と風間さんは頷いた。

四人掛けのテーブルにつく。蓮城さんは「最近はもっぱらこれでね」と言いながら、カフェオレの入ったマグカップを持ってきた。

「四倍濃縮タイプのボトルコーヒーをホットミルクで割ったものだよ。風間には酷評《こくひょう》されそうだが、個人的には非常に気に入っている」

「出されたものをまずいと言うほど無神経ではない。いい香りだ」

風間さんはカフェオレを口に運び、「思ったよりもクオリティが高いな」とコメントした。

僕もいただいてみる。コーヒーの味は濃厚で、喫茶店《きっさてん》で飲むものと遜色《そんしょく》のない仕上がりになっていた。家で試してみよう、と思った。今はまだ、コーヒーは死香の副作用の犠牲《ぎせい》になっていない。

「気に入ってもらえたようで何よりだよ」笑って立ち上がると、蓮城さんはノートパソコンを持って戻ってきた。「実は、ついさっき映像解析の結果が出たところなんだ。まだ警察には報告していない。よかったら見ていくかい」

「私はどちらでも構わないが」

風間さんが横目で僕を見る。「見せていただけますか」と僕は言った。風間さんはさっさと帰りたそうだが、解析結果は気になる。

「OK。じゃ、見てもらおうか」

蓮城さんがテーブルにノートパソコンを置く。画面には、ショッピングモールの監視カメラが捉えた、誘拐犯と思《おぼ》しき人物の映像が表示されている。

「人物の周囲の物体から身長を推定《すいてい》し、骨格モデルを作ってみた」

蓮城さんがエンターキーを押すと別のウインドウが開いた。黒い背景に、白い線で人体の三次元モデルが描かれている。服は着ておらず、髪や顔もつるんとしている。

「衣服を脱《ぬ》いだ状態をシミュレーションで再現した。身長は一五七センチ前後。体重は五〇キロ程度と思われる。骨格や動作から推測すると、この人物は十六、七歳の女性だという結果になった」

「そんなに若いんですか?」

思いがけない結果に、少しカフェオレをこぼしてしまう。蓮城さんは「まあ、落ち着きなよ」とティッシュの箱を差し出した。

「すみません、驚いてしまって」

「この人物が誘拐事件の容疑者であることは聞いたよ。ただ、主犯とは限らないだろう？　それこそSNSで金を引き出すアルバイトを頼まれただけかもしれない」

　蓮城さんは冷静に結果を受け止めているようだが、それはこの人物が死香をまとっていることを知らないからだ。未成年が何らかの死に関わっている——それはため息がこぼれそうな、憂鬱《ゆううつ》な情報だった。

　風間さんはカフェオレをもう一口飲み、「犯人が複数というのはありうる」と言った。

「若い女性なら、さほど警戒されずに女児に近づけただろう」

「風間は連れ去りの段階から関わっていたと思ってるのか」

「その可能性も考えるべきだ、と感じただけだ。現段階で解析できた情報はそれですべてか？」

「そうだな。日常的にスポーツをやっていないとか、利き手は右とか、その程度だな。顔の形状の解析も試みているが、うまくいっていない。マスクをしているだけでスマホの顔認証ができなくなるだろ。マスクは簡単《かんたん》に装着《そうちゃく》できる割に隠蔽《いんぺい》効果が高いんだ」

「そうか。あまりのめり込みすぎないことだな。君は期待されている役割を充分に果たした。動作解析から顔の形状を再現するのはさすがに専門外だ。引き返せなくなる前に捜査協力から手を引いた方がいい」

「忠告ありがとう。そうさせてもらうよ」

「では、そろそろ帰るとしよう」

　風間さんが席を立つ。今度は蓮城さんも引き止めようとはしなかった。

「気が向いたらまたいつでも来てくれ。桜庭くんだけでも歓迎するよ」と、蓮城さんが白い歯を見せる。

「……機会があれば、ぜひ」とだけ言って、僕は蓮城さんに見送られながら部屋をあとにした。

　しばらく無言で廊下を進み、建物を出る。並んで歩き出したところで、「さっきのは、僕に向けた言葉だったんでしょうか」と風間さんに尋ねた。

「どの言葉だ？」

「引き返せなくなる前に捜査から手を引け、ってやつです」

「当てこすりのように聞こえたのなら、それは誤解だ。あれはあくまで蓮城に対する言葉であり、私は君の行動に対して何の不満も持っていない」

「……本当ですか？　僕を気遣《きづか》ってくれているんじゃ……」

　風間さんは立ち止まり、僕の肩を軽く摑んだ。

「前にも言っただろう。私は君に嘘をつくことはしない」僕を見下ろす風間さんの瞳には、ほんのわずかの揺《ゆ》らぎもなかった。「君を最大限に理解した上で、最善と思える選択をしている。そこに妥協《だきょう》はない」

「……すみません、いつもいつもわがままを言ってしまって」

「何の問題もない。君がやりたいようにやればいい」

「ありがとうございます。ちなみに、僕がいま何を考えているか分かりますか？」

風間さんがぐっと顔を突き出し、僕の目を覗《のぞ》き込んでくる。さすがにこれは近すぎる。彼の眼鏡のフレームが僕の前髪に触れそうだ。傍《はた》から見たら、キスをしようと誤解されかねない姿勢になってしまっている。

ただ、それでも身を引こうという気にならないのが不思議だった。彼の瞳には相手を静止させる力がある。

風間さんはそのまま数秒沈黙《ちんもく》し、ゆっくりと体を引いた。

「今回の事件について、新たに何らかのアクションを取ろうとしていると推測した。おそらく、蓮城からもたらされた情報がキーになっていると思われる」

「おっしゃる通りです」

「死香を頼りに、監視カメラに映っていた女性を探すつもりなのだな」

さすがは風間さんだ。僕の思考を正しく把握してくれている。

「まさにそれを考えています」

「具体的な方策は？」

「近隣の高校や大学を訪ねて匂いを探そうかなと」

「まず間違いなく空振りに終わるだろう」と風間さんが眉根を寄せる。「仮に学生だったとしても、事件の渦中《かちゅう》にいる人間が普段通りに学校に通っているとは思えない」

「じゃあ、十代の女性が立ち寄りそうな場所を探します」

「候補《こうほ》は無数に考えられる。賛同できない」

「だったら、スーパーマーケットやコンビニはどうでしょうか。どこかで食料を買っているはずです」

「それも似たようなものだ。店舗《てんぽ》の数が多すぎる。やめなさい」

風間さんはたしなめるように言って、正門の方に歩き出した。

「……何かいい案はありませんか」

「最も有効で、最も効率的で、そして最も推奨《すいしょう》したい選択肢がある。それは、警察に任せるというものだ。死香で捜査に貢献《こうけん》したいという君の気持ちは分かる。事件は現在も進行しているのだからな。しかし、それは警察も同じだ。捜査員たちは必死に犯人を追っている。現時点で集まっている情報を駆使して、彼ら独自《どくじ》のやり方で犯人に迫っていくはずだ」

僕は風間さんの後ろを歩きながら、彼の言葉を噛《か》み締めた。

彼の言う通り、僕は前のめりになりすぎているようだ。それは自分でも感じる。

死香は有効なツールだが、決して万能ではない。時には立ち止まることも必要なんだ、と僕は自分に言い聞かせた。いつかまた、死香を活用する時が来る。そう信じて、新たな情報がもたらされるのを待つのだ。

「……分かりました。むやみに死香を探し回ることは自重《じちょう》します」

「それでいい」

僕は足を止め、青というより白に近い空を見上げた。

風間さんも立ち止まり、こちらを振り返る。

「どうした？」

「緑茶の死香を感じてから、ずっと願っているんです。この死が、少女のものでなければいいのにな、と……」

死香から嗅ぎ解いた内容からすると、何らかの死がこの事件に関わっているのは間違いない。亡《な》くなった人物が誰であれ、それは悲しむべきことだ。少女が無事であってほしいというのは、あるいは個人的な感傷に根差したエゴでしかないのかもしれない。それでも、僕は彼女の無事を祈らずにはいられなかった。

風間さんは嘆息し、僕の右手を握った。

「か、風間さん……？」

「前言撤回《ぜんげんてっかい》だ。学校でも食料品店でも、君の好きな場所を調べればいい」

「え、でも、死香は探さないって……」

「今の君には、ただ待つという選択は精神的な重荷になるようだ。思い悩《なや》むと死香の感知に影響《えいきょう》が出る恐《おそ》れもある。それなら、たとえ無駄になる確率が高くても、望むように動き回った方がいい。嗅ぐことに集中していれば、哀《かな》しい想像に心を痛めることもないはずだ」

「……すみません、またわがままを言ってしまって。さすがに申し訳ないので、僕だけでやります」

「護衛の者を同行させるが、それで構わないかね」

「はい。僕も、身の安全には最大限に気を配ります」

「いいだろう。腕の立つ者を手配しよう。ただし、砥羽《とはね》以外の人間を。ただ、さすがに今日は休みなさい。明日からだ」

「分かりました」

「寒い時期だ。屋外での作業は最小限に留めてもらいたい。それから、人の多い場所を訪ねる時はマスクをしなさい。また、長時間にわたる死香捜索は禁じさせてもらう。一日で最大四時間とし、一時間ごとに三十分程度の休憩《きゅうけい》を取りなさい。いいね」

「了解です。約束は守ります」

僕が頷くと、風間さんはようやく手を放してくれた。

僕が風間さんに対してやったことは、果たして交渉なのだろうか。正門の方へと歩きながら、僕は考えた。

すぐに「違うな」と感じた。譲歩《じょうほ》したのは風間さんだが、それは庇護者《ひごしゃ》としての責任感からだ。彼と僕は明らかに対等ではない。

早くこの状態を解消したい。だが、危機が去ったという確証が得られない限り、守る側と守られる側という関係を続けるしかない。何しろ、僕はあと二十九年近くも風間さんの研究パートナーを務めなければならないのだ。

吐息を漏らしそうになり、僕は口を押さえて飲み込んだ。

余計なことを考えている場合ではなかった。今はとにかく、目の前の誘拐事件に集中しなければ。

7

翌日から、僕は足立区内の高校を回り始めた。特殊清掃の仕事は午前中だけに留め、午後はずっと動けるようにシフトを組んだ。

探索するエリアは、足立区皿沼を中心とし、順次範囲を広げていくことにした。その中心に、キャッシュカードの郵送先に指定された一軒家がある。空き家の存在に気づき、そこの郵便受けを利用していることから、ある程度近い場所に住んでいるのだろうと推測した。あの家がある程度の期間にわたって無人であることを知っているのだから、犯人には土地勘《とちかん》があるはずだ、と考えたわけだ。

ただ、覚悟《かくご》していたことではあったが、死香の捜索は空振りばかりだった。

公立高校や私立高校を訪ね、生徒のシューズボックスの臭気を確認させてもらったが、緑茶の死香が感じられた学校は一つもなかった。

ちなみにそれらの学校にはすでに誘拐事件の捜査に当たっている刑事が足を運んでおり、監視カメラに映っていた女性に似た生徒は在籍《ざいせき》していないことを確認していた。

これは僕が言いだしたことだ。結果が出ないからといって、さっさと手を引くつもりはなかった。調査を始めてから三日後。学校の方は見切りをつけ、今度はスーパーマーケットの調査に移った。

やることは非常に地味だ。店を訪ねて出入口や棚、レジの周囲の死香を嗅ぐ。それを丹念《たんねん》に繰り返すだけだ。

この手の店は、まだ捜査員たちも足を運んでいない。調べる価値《かち》はあると思ったが、すぐに大きな問題に気づいた。そう、食品の匂いである。店のあちこちに僕が食べられなくなった食材が陳列されており、その悪臭《あくしゅう》で死香に集中できないのだ。

なんとか我慢《がまん》して調査を続けたが、三軒目で僕はギブアップした。こんなコンディションで、微かな死香を嗅ぎ取ることは不可能だ。自身の見通しの甘さにがっかりした。

そこで方針を変更し、足立区近郊のショッピングモールを調べることにした。誘拐犯が現金を引き出すＡＴＭを物色《ぶっしょく》しているかもしれないと思ったからだ。

苦肉の策ではあったが、ショッピングモール巡りを始めた三日後に、僕は緑茶の死香に出会うことができた。場所は、埼玉県の草加《そうか》市。足立区の北部に隣接している市だ。

ただし、匂いを感じたのはＡＴＭではなく、書店の本棚《ほんだな》だった。


「……ここか」

車を降り、風間さんが建物を見上げる。二階建てで、全部合わせても十六店舗しかない。比較的規模が小さいショッピングモールと言えるだろう。利用できるＡＴＭも一箇所だけだ。

「書店はこちらです」

歩き出したところで、「退屈だったのではないかね」と風間さんに話し掛けられた。

現在の時刻は午後四時。彼に「死香を見つけました！」と一報を入れたのは二時前のことだ。風間さんはちょうど研究室のセミナー中で、それが終わってから駆け付けてくれた。二時間ほど彼を待っていた計算になる。

「大丈夫です。死香を探してショッピングモールの中を歩き回っていたので、あっという間でした」

「そうか。で、首尾《しゅび》は？」

「ドラッグストアとか百円ショップとか、薄《う》っすらと感じた場所は他にもありました。でも、書店ほど強くはなかったですね。滞在時間の差だと思います」

「駐車場や駐輪場はどうだ」

「どちらも無香でした。たぶん、電車を使ったんじゃないかと思います。駅から徒歩圏《けん》内《ない》ですから」

このショッピングモールの最寄《もよ》り駅は、東武《とうぶ》鉄道の草加駅だ。待ち時間の間に駅にも足を運んでみたが、こちらも死香は感じられなかった。人の往来《おうらい》が激しいため、匂いが拡散してしまったようだ。

「容疑者がここを訪れた時期は推測できるかね？」

「うーん、なんとも言えませんね」と僕は頭を掻いた。「ただ、匂いの感じだと、数日は経っていると思います。この一週間以内……ってところでしょうか」

「そうか。では、捜査担当者にその情報を伝えることにしよう」

「どう説明しますか？　なかなか苦しいと思うんですけど」

風間さんはまだ、緑茶の死香の成分分析を進められていない。事件現場と違い、遺体から別の人間の体や服を経由して間接的に付着した匂いなので、死香成分の濃度が低いせいだ。いつもは分析データをもとに警察に話をしているが、今回はその手は使えそうにない。

「その点は心配ない。明日の朝に公開捜査に踏み切ると聞いている。行方不明の女児の顔写真や犯人らしき人物の映像が公表される。それを待って、目撃情報として警察に通報すればいいだろう」

「……そうですか。少し待つことになりますけど、仕方ないですよね」

「半日程度の誤差だ。死香の秘密《ひみつ》を守るために、ここは我慢してもらいたい」

そんな風にこそこそと話をしているうちに、問題の書店に到着していた。建物の二階に位置しており、壁のない造りで、どこからでも自由に出入りできる形態の店舗だった。広さは二〇〇平米《へいべい》くらいだろうか。それほど広くはないが、売れ筋の本についてはジャンルを問わずしっかり揃《そろ》えているという印象だ。

こうして風間さんと二人で書店にやってくると、サイン本の死香にまつわる事件のことを思い出す。そういえばあれは、ちょうど去年の今頃《いまごろ》のことだ。

一年が経つのは早い。本当にいろんなことがあったなあ……などと感慨《かんがい》に耽《ふけ》っている場合ではなかった。僕は「こっちです」と先に立って歩き出した。

棚と棚の間を奥へと進んでいくと、学習参考書のコーナーにたどり着く。〇歳児向けの知育絵本もあれば、大学生向けの分厚い専門書も置いてある。

改めて足を運んでみても、やはりショッピングモール内では、この場所が一番緑茶の死香が濃い。

「一つ聞きたいのだが、どうして書店に足を運んだのかね？」

「えっと、それは偶然《ぐうぜん》でして」と僕は苦笑した。「ここのATMを調べて、空振りだったのですぐに帰るつもりだったんです。それで、たまたま書店の前を通り掛かって、帰りの車中で読む文庫本でも買おうかなと思ったんです」

「そうか。油断せず、常に感度を高く保っていたのはさすがだ」

「ありがとうございます。どうします？　サンプル採取を行いますか？」

「そうだな。書店員と交渉しよう。その前に、より詳しい情報を聞かせてもらいたい。匂いはどこに付着している？　床か、棚か、それとも本か？」

「うーん、空間全体、って感じですかね」と僕は辺りを見回した。ここは奥まっていて、人の流れからは外れている。匂いが残りやすい場所と言えるだろう。

「本の匂いは嗅いだかね？」

「あ、まだです。怪しまれるかなと思って……」

「了解した。では、先に許可を取ることにしよう」

風間さんは僕をその場に残し、店員に声を掛けに行った。彼が名刺《めいし》を差し出すとすぐに店長らしき中年男性が出てきて、風間さんと共にバックヤードに消えた。待つこと十分。風間さんが戻ってきた。

「許可を取った。清掃用の看板《かんばん》を通路に置いて、誰も近づけないようにしてもらう手はずを整えた」

「早いですね。警察の名刺を出したんですか」

「いや、それを見せると、情報公開後に捜査員がここに来た時に問題になる。我々がなぜ書店に着目したのか、説明できないだろう」

「あ、そっか。確かに」

「小細工はせずに、正面突破《とっぱ》を試みた。書籍のインクの香りを実地に分析し、人体に与える影響を調べたいと申し出たのだ。多少の説明は必要だったが、最後には納得《なっとく》してもらえた」

風間さんは何でもないことのように語っているが、この短時間で同意を取り付けたのはさすがだ。同じことをやれと言われても絶対にできる気がしない。

「ということで、懸念はクリアされた。存分に死香を嗅ぎ解くといい」

「はい。やってみます」

白手袋を嵌め、陳列《ちんれつ》されている本を手に取って匂いを嗅ぐ。この棚の本は多くが未包装だ。手に取って中身を確かめられるように、という配慮からだろう。念のために中も開いて匂いを確かめていく。

ちらりと背後を窺《うかが》うと、風間さんはいつもの注射器で空気を集めていた。通行止めの看板の向こうでは、利用客の男性が怪訝そうにこちらを見ていた。まあ、何が始まったのかと驚くのも無理はない。

他人の視線を気にしていてはダメだ。死香に集中しないと。いったん上着の袖の匂いを嗅いで鼻をリセットしてから、本の匂いを嗅ぐ作業を再開した。

三十分後。ほぼすべての本の死香を確かめ終えた。緑茶の死香が感じられた本は全部で七冊あった。それらはすべて小学四年生用の学習ドリルで、計算問題と漢字練習の二種類に分類できた。

これらの本は捜査上の証拠になりうる。誘拐犯の指紋《しもん》が付いている可能性があるからだ。本来なら鑑識担当者が持ち帰るのを待つべきだが、放置して誰かに買われては元も子もない。とりあえず、すべて購入して持ち帰ることにした。

誘拐犯が本当にここに来たのか調べたかったが、聞き込みや監視カメラのチェックは警察の仕事だ。死香的には充分に証拠を集めたと判断し、東京に戻ることにした。

ショッピングモールを出て、駐車場に向かう。風間さんが乗ってきた、いつもの黒のレクサスが停まっている。僕を連れてきてくれたレクサスは消えていた。風間さんが指示を出して先に帰らせたのだろう。

後部座席に座り、「どういうことでしょうね」と僕は風間さんに話し掛けた。運転手さんは信用のおける人物だ。車内で事件の話をすることは問題ない。

「興味深い結果だったな」と風間さんがアタッシェケースを撫でる。その中には、さっき買った七冊の学習ドリルが入っている。彼にとっては重要な分析対象だ。

「誘拐された女児は小学四年生で、このドリルも小学四年生用……。偶然とは考えにくいですよね。……誘拐犯は、彼女に学習させるために書店でドリルを物色していたのでしょうか」

「それは希望の持てる説だな」と風間さんが頷く。

もしこの仮説が正しければ、誘拐犯がショッピングモールの書店を訪れた段階では、松下優杏さんは生きていたことになる。つまり、緑茶の死香は優杏さんの死に由来するものではない、と結論付けられる。

これはあくまで仮説だ。確からしく聞こえるが、はっきりした証拠があるわけではない。それに、緑茶の死香が誰のものなのか、という新たな疑問も生じてしまう。それでも、きっとこれが正しいのだと願わずにはいられなかった。

「……む」その時、風間さんがスマートフォンを手に取った。「曽根刑事からの電話だ」

「僕のことは気にせずに出てください」

「分かった」

風間さんがスマートフォンを耳に当てる。通話は短いものだった。曽根さんの話を黙って聞いたあと、「私の方から蓮城へ連絡しましょう。できることがあればまた連絡します」と伝えて電話を切った。

「何の連絡だったんですか」

「つい一時間前に、松下家に電話がかかってきたそうだ」

風間さんはそう言って僕の方を向いた。

「公衆電話から電話をかけてきたのは、誘拐された女児だった」

8

翌日、午前九時半。僕と風間さんは蓮城さんと話をするため、再び東理大学に足を運んだ。

「昨日の連絡には驚いたよ。本当なのか？」

教員室で僕たちを出迎えた蓮城さんは、大げさに手を広げてそう言った。今朝は白地に青いヤシの木がデザインされたアロハシャツを羽織《はお》っている。この格好《かっこう》が仕事をする時の彼の普段着であるらしい。

「電話の声は女児に間違いない、というのが警察の見解だ」

「そうか。じゃあ、朗報《ろうほう》と考えていいわけだな、うん」

朗報。確かにそう捉えていいだろう。

「僕の方から、改めて説明します」

三人でテーブルについてすぐ、僕は新たに分かったことを話し始めた。

松下さんの自宅に電話がかかってきたのは、昨日の午後三時過ぎのことだった。電話に出たのは母親で、家には捜査員が待機していた。いざという事態に備えていたので、通話の録音や逆探知に成功している。

電話は草加市内の公衆電話からで、通話の内容は「キャッシュカードを送付させた銀行口座にもっとお金を振り込んでほしい」というお願いだったという。要求を伝え終わると一方的に切られてしまったそうだ。

公衆電話を特定後、すぐに捜査員が駆け付けたものの、すでにそこには誰もいなかった。電話機は住宅街の中にある酒屋の前に設置されているもので、人通りの少ない場所だった。そのため、今のところ優杏さんが電話をしている姿を目撃した人は見つかっていない。ただ、近くのマンションの監視カメラには、優杏さんらしき少女が映っていたそうだ。彼女は一人で歩いていたという。

「監視の目はなかったということか？」と蓮城さんが首をかしげる。「なぜ一人で行動させたりするんだ。逃げられるリスクがあるじゃないか」

「桜庭くんに言っても仕方のないことだ」と風間さんが眉根を寄せる。「ストックホルム症候群《しょうこうぐん》が発生している可能性もある」

「……ストックホルム症候群？」

今度は僕が首をかしげる番だった。

「監禁や誘拐事件で、被害者が犯人に対して友好的な態度を取るようになる現象のことだよ。自分の身を守るために、そういう心理が働くらしい」

蓮城さんが風間さんの代わりに説明してくれた。

「だから、逃げるという発想が出てこないと……」

「そういう解釈《かいしゃく》は成り立ちそうだな。ちなみに近隣の監視カメラの映像に、例の誘拐犯は映っていなかったかな」

「現在、映像を入手して順次チェックしているところだそうです。いずれ、警察の方から蓮城さんに解析の依頼があると思います」

「誘拐された女の子かどうか特定してくれ、って依頼かな」

「それよりは行動解析だろう。同一性解析だけなら警察の技術で充分だ」と風間さん。

「カメラの場所と撮影された時刻から女児や誘拐犯の移動経路を推定し、潜伏《せんぷく》エリアを絞《しぼ》り込む――期待されるのはそういった役割だと思われる」

「シミュレーションか。それはなかなか楽しそうだ。今から腕が鳴るな」

蓮城さんがにやりと笑う。新たな課題と向き合うことが嬉しいらしい。今の彼の顔は、サンプル採取を始める前の風間さんの表情に似ていた。フォーマルとカジュアル。対照的な外見の二人が大学時代から交友関係を保ち続けている理由が分かった気がした。本質的な部分で、二人には共通点があるのだ。要するにとても気が合うわけだ。

「で、風間たちはこれからどうするんだ？」

「これまでに集めた臭気サンプルの分析を進めたいと考えている。捜査は警察に任せるが、分析データが役に立つこともあるだろう。後方支援のような形だ」

風間さんの隣で、僕は昨日の出来事を思い出していた。

車中で曽根さんから連絡を受けた時、僕たちはまだ草加市内にいた。すぐ近くだということで、予定を変えて問題の公衆電話へと向かった。

そこには捜査を指揮している久住さんの姿があった。彼女は僕たちが急にやってきたことに驚いていた。死香のことは話せないので、曽根さんから連絡を受けた時にたまたま近くにいたと説明し、公衆電話の臭気調査を行う許可をもらった。

公衆電話はボックス型ではなく、店頭の台の上に設置されていた。色は灰色で、硬貨《こうか》とテレホンカードの両方が使えるタイプだった。

住宅街の狭い路地には、冷たい風が吹いていた。僕は匂いを嗅ぎ損ねないように、自分の体を風よけにしながら公衆電話に近づいた。

緑茶の死香を感じ取れたものの、非常に微弱だった。少なくとも、その直前に書店で嗅いだものよりは明らかに弱い。匂いの強弱から、「この香りは優杏さんに付着していたもので、誘拐犯は公衆電話には近づいていない」と僕は結論付けた。

これは、彼女が緑茶の死香とは無関係であることを示している。もし遺体そのものに近づいていれば、もっと明確に匂ったはずだからだ。誘拐犯と接触するうちに、優杏さんに匂いが移ったのだろう。

それが、現場から僕が嗅ぎ解いた内容だった。

この結果を受けて、帰宅後に僕と風間さんは話し合いを持った。今後の捜査にどう関わるか、という会議だ。

話し合いの結果は、さっき風間さんが説明した通りだった。捜査員に託《たく》す——それが基本方針だ。

緑茶の死香を頼りに優杏さんを探すという提案《ていあん》も、一応はしてみた。ただ、ひどく効率の悪い作業であることは僕にも分かる。だから、「やめておきなさい」という風間さんの言葉におとなしく従った。

以前、連続通り魔殺人の捜査に参加した時は、都内各所のガソリンスタンドに残された死香を嗅ぐ、という非効率的な作戦を行ったことがある。ただ、あの時は他に方法がなかったから、仕方なくそのやり方を選んだ。今回は状況が違う。捜査は今まさに山場を迎えようとしており、捜査員たちは懸命に犯人を追っている。それが分かっているので、「一歩引いたスタンス」を受け入れたのだった。

「なるほど、後方支援か」

蓮城さんがそう言って僕の方をじっと見つめる。

「何か、気になることでも？」

「いや、前回の感じだと、桜庭くんは捜査協力に意欲があるみたいだったからさ。方針を変えたのかい？」

「やれることはやったと判断したので」と僕は答えた。

「具体的には？　どんな作業をしたのか聞きたいな」

「何のためにだ」と風間さんが険しい口調で尋ねる。

「別に理由はない。単なる興味だよ。風間に対しては、一匹狼《いっぴきおおかみ》ってイメージを持ってる。一人でなんでもこなすオールラウンダーだ。だから、風間と桜庭くんがどんな風に活動しているのか、なかなかうまく想像できなくてさ」

「サンプル採取を手伝ってもらっているだけだ。特別な作業は何もない」

風間さんはそう言い切ると、「そろそろ帰るとしよう」と立ち上がった。

今日は水曜日なので、このまま風間さんと一緒に大学に行く予定だ。最近は誘拐事件の方が忙しかったので、事務作業が結構溜《た》まっている。

「帰る前に、予想を立ててみないか。負けた方は勝った方に食事をごちそうする、という条件でどうだ」

「何についての予想だ？」

「誘拐犯の行動だよ。ＡＴＭで現金を下ろしたあとは、人前に姿を見せていないだろう。次にどこに現れるか考えてみないか」

「複数犯の可能性もあるが、それは考慮しなくていいのか」と風間さんが再び席につく。予想対決を受け入れたようだ。

「考慮してもいいし、しなくてもいい。とにかく、予想が現実に近い方が勝ちってことでいこう」

蓮城さんはそう言って眼鏡の位置を直した。

「俺の読みだと、またＡＴＭで現金を引き出そうとすると思う。追加で振り込むように要求したんだろう？　かなり金に困っていると見たね。ただし、場所は大きく変えてくる。警察のマークを警戒しているだろうからな。例えば柏《かしわ》市とか、松戸《まつど》市とか、千葉《ちば》の方に行くんじゃないかと踏んでいる。風間はどうだ？」

「本当に金に困っているなら、早い段階で全額引き出していただろう。あとになるほど警察のマークが厳しくなることは容易《ようい》に予想できる。経済的にはまだ余裕があるのではないかと思う」と風間さんが言う。「私の予想は、徹底的《てっていてき》な潜伏だ。女児は誘拐犯の指示に従っている節がある。生活に必要なものは彼女に調達させればいい」

「おつかいを頼むってことか？　それはさすがにリスクが高くないか。途中《とちゅう》で我に返って逃げるかもしれないぞ」

「その時はその時だと割り切っているのではないか」

「うーん。予想としては別にいいんだが、『姿を見せない』じゃ賭《か》けは成立しないぜ」

「期間を決めればいい。潜伏を一週間続けたらこちらの勝ちにしてもらいたい」

「一週間は微妙《びみょう》じゃないか。せめてその倍だな」

「いいだろう。では二週間だ」

風間さんが二本指を立てる。それが勝利のVサインに見えるくらい、風間さんの態度には自信が感じられた。

少しだけくだけた雰囲気。僕の記憶にはない表情だった。気の置けない間柄の人の前でだけ見せる、風間さんの素《す》の顔なのだろう。どうやら僕はまだ、そのポジションには到達していないようだ。

僕と風間さんは死香で繋がっている。そしてそこには、「秘密を解き明かしたい」という感情がどうしても絡んでくる。課題と向き合っていることを常に意識している以上、くだけた雰囲気にはなりにくい。

じゃあ、もし死香の謎《なぞ》がすべて解明されたら……？

ふと、そんな疑問が心に浮かんだ。実現するかどうかも分からない、僕たちの究極の目標。果てしない努力の末にそれが叶ったら、風間さんの僕への態度はどう変化するだろうか。友達になれるだろうか。それとも、あっさり関係が切れてしまうだろうか。想像してみたが、すぐには答えを出せそうになかった。

「……ばくん……。桜庭くん」

名前を呼ばれていることに気づいて顔を上げると、蓮城さんと目が合った。彼はいたずらっぽい笑みを浮かべて僕を見ていた。

「あ、はい、なんでしょうか」

「君も参加したくなったんだろ？」

「え、それは……」

「考え事をしてたから、呼び掛けに反応が遅れたんだよな。その推理をぜひ聞かせてほしいな。負けても食事代は払わなくていいからさ」

「えーっと、そうですね……」

「あれ？　今、そのことを考えていたんじゃなかったのかい」

「全然違うことでした。すみません」と僕は苦笑した。「予想するのは構わないんですけど、近いうちに事件の情報が公開される予定なんですよね。それで大きく変わるんじゃないでしょうか」

「それはおそらく、先送りになる」と風間さん。「女児の生存が確認された以上、下手《へた》に犯人を刺激《しげき》するような策は取らないだろう」

「うん、俺もそう思う」と蓮城さんが同調する。「だから、安心して予想しなよ」

「じゃあ、せっかくなので」

僕は風間さんがよくそうするように、ロダンの『考える人』のポーズを取ってみた。いかにも知的に見える格好だが、真似《まね》をしてみると確かに頭が冴《さ》えてくる気がするから面白《おもしろ》い。人間の口元には思考を促すスイッチがあるのかもしれない。

現在までに得た情報を思い返してみると、書店で嗅いだ死香が気に掛かる。誘拐犯は小学四年生向けの学習教材を探していた。それを使うのは、きっと優杏さんだ。誘拐犯は学びを中断すべきではないと考えているに違いない。

誘拐犯は優杏さんを丁重《ていちょう》に扱っている。それこそ二人暮らしの姉妹《しまい》のように。

もし僕が誘拐犯と同じ立場だったらどうするだろう。親元を離れた少女のために何をしてやりたいと思うだろうか。

しばらく考えて、「服、ですかね……」と僕は呟いた。

「服？　服を買いに出掛けるってことかい」と蓮城さんが怪訝そうに言う。「……面白い発想だけど、どうだろう。リスクを背負ってまでやることかな」

「あ、違います」と僕は手を振った。「優杏さんの服や下着を買いに行くんじゃないかなと思いまして。ネットの通販で済ませるという手もありますけど、追われている自覚はあるだろうし、住所を書かなきゃならない通販より買い出しを選ぶかなと」

「外に出ないのなら、着替えは必要ないんじゃないか」と蓮城さんが首をひねる。

「いや、私はそうは思わない」と風間さんが言った。やけに声に力が入っている。「ちゃんとした服を着せてやりたい――その視点は、我々にはなかったものだ。桜庭くんは犯人と被害者に信頼関係があることから発想を飛躍させ、斬新《ざんしん》な答えを出した。実に素晴らしい。可能性として充分にありうると感じた。私も彼の予想に一票を投じよう。さっきの予想は取り消させてもらう」

「おっと、べた褒《ぼ》めだな。相乗《あいの》りは構わないけど、外れたら食事をおごるのは変わらないからな」

「問題ない。大船に乗ったつもりで結果が出るのを待たせてもらう」

風間さんはそう言って僕の背中に触れた。

思いがけないところで高評価をもらってしまった。僕は気恥《きは》ずかしさで頬が熱くなるのを感じつつ、「どうも、恐縮《きょうしゅく》です」と笑ってみせた。

9

誘拐犯の身柄を確保した――。

その連絡が飛び込んできたのは、翌週の月曜日のことだった。

時刻は午後三時過ぎで、その日の特殊清掃の仕事を終えて事務所に帰る途中、風間さんから電話がかかってきた。

曽根さんが状況を説明に来てくれるというので、迷うことなく「行きます」と返事をした。今日の分の作業報告書はまた明日書けばいい。

事務所に戻り、着替えを済ませたところで迎えの車が来た。それに乗り込み、風間さんの待つ東京科学大学に向かう。

いつものルートが、やけに長く感じられた。薬学部の玄関前で車を降り、小走りに三階に上がる。

教員室に飛び込むと、そこには風間さんと蓮城さんの姿があった。

今日の蓮城さんはスーツで、それがまた憎らしいほど似合っていた。

こうして二人が揃うと、いつもの教員室の雰囲気が別物に感じられる。まるで高級ホテルの談話室のようだ。セレブ感がある。

「やあ、桜庭くん。お邪魔《じゃま》してるよ」

「どうして蓮城先生がこちらに」

「例の賭けの答えが出たということで、話を聞きに来たんだ。答え合わせだね」

画像解析の件で曽根さんとは面識があるそうで、蓮城さんの同席の許可は下りているという。

「ここに来るのは久しぶりなんだ」と蓮城さんが室内を見回す。「相変わらず、研究者らしくないな。物が少ない。あんなもの、普通は置く余裕なんてないんだけどな」

蓮城さんは風間さんのデスクの両脇《りょうわき》に置かれた観葉《かんよう》植物の鉢《はち》を見ていた。子供の背丈ほどもある立派なものだ。

「長くいる部屋だ。自分好みに仕上げるのは当然だろう。作業効率に関わる」と風間さん。「以前に比べると資料や書籍の電子化も進んだ。蓮城のところも、その気になればいくらでもスペースを作れるはずだ」

「まあ、それは風間の言う通りだけどな。ただ、俺の部屋の棚を埋めてるのは、歴代の教授が残していった紙の資料なんだ。俺の一存では捨てられない。自由にできるのは服装くらいのもんだよ」

そんな話をしていると、教員室のドアがノックされ、曽根さんが姿を見せた。

曽根さん、蓮城さんが向かい合わせにソファーに座り、僕と風間さんは自分の椅子を持ってきてそこに腰を下ろした。ローテーブルを四方から囲む形だ。

「まずは捜査へのご協力ありがとうございました」と曽根さんが頭を下げる。「皆さんのおかげで、比較的早期に犯人確保に至りました」

逮捕されたのは、小野田富美加《おのだふみか》という名前の、十七歳の女性だった。彼女は中学校を卒業後、高校には行かずに自宅で過ごしていたという。就職《しゅうしょく》活動もせず、専門学校にも通わない——いわゆるニートというやつだ。

小野田は母親と二人で暮らしていたが、昨年の春に家出し、以降は所在が不明になっていたそうだ。

「家出って……家族は捜索願を出さなかったんですか？」

「一応、何度かSNSで連絡はあったようです。本人は『友達の家に泊めてもらってる』というメッセージを送っていました。ただし、真偽《しんぎ》のほどは不明です」

曽根さんの説明に、僕は強い違和感を覚えた。子供がいなくなったというのに、親の取る対応としてはあまりに無責任すぎる。

彼女は親から見放され、放置されていたのではないか。僕はそう感じた。

「それで、彼女はどこで身柄を確保されたんですか」

待ちきれない、というように蓮城さんが尋ねる。

「足立区内のスーパーマーケットでした。私服警官が巡回《じゅんかい》していたところに、たまたま小野田が現れまして。目元が例の監視カメラの画像と似ていると判断し、声を掛けたんです。特に抵抗することなく署への同行を受け入れました」

「その店のATMで金を下ろそうとしていたんですか？」

「いえ、子供用の服を見ていたらしいです」

曽根さんがそう答えるなり、蓮城さんと風間さんが同時に僕の方を見た。蓮城さんは苦笑していて、風間さんは満足げに微笑んでいる。どうやら、予想対決は僕と風間さんの勝利、ということのようだ。自分でも信じられない。思い付きで宝くじを一枚だけ買ったら、奇跡的に一等を引き当てたような気分だった。

「あとは、子供を助け出せば無事に事件解決ですね」

僕の言葉に、曽根さんが渋《しぶ》い表情を浮かべた。

「その最後の『詰《つ》め』に至る道筋が、まだ見えていないんですよ。小野田は自分の身の上話はするのに、優杏さんを匿《かくま》っていた場所を明かそうとしないんです。仕方なく、ローラー作戦で捜しています。足立区内のどこかの民家だと思うのですが、まだ発見には至っていません」

「……誘拐犯が逮捕されたのに、どうしてその子は逃げ出さないんでしょうね」と蓮城さんが首をかしげる。「もしかして、複数犯でしょうか」

「小野田は自分一人でやったと言っています。公園で見つけて、それで『アジト』に連れて帰ったと……」

「二度目の振り込みの要求についてはどうなんです？　あれも小野田の指示だったんでしょうか」

「優杏さんがアジトを抜け出して、勝手に電話を掛けたみたいですね。生活費が足りなくなると困ると思ったんじゃないですか」

「それが本当なら、女の子は拘束《こうそく》されていないってことでしょう。小野田に何かあったことは理解できると思うんですが、なぜ自分の家に戻らないんですかね。あるいは、彼女の帰りを待っているんでしょうか」

「それはありえますね。服を買おうとしたわけですから、二人はそれなりに仲良くなっていたはずです」

「一つ、確認させていただきたい」黙って話を聞いていた風間さんが、すっと人差し指を立てた。「誘拐犯は、何らかの死について語っていますか」

「優杏さんを殺したかどうか、という話でしょうか」

「死者が誰かは問いません。自ら死の話題を持ち出したか否か、という質問です」

「……いえ、そういう話は出ていないようですが……」

分かりました、とだけ言って、風間さんは再び口を閉ざした。

そういえば、ATMや書店で死香が確認されたことはまだ警察には言っていない。というか、成分分析がまだ終わっていないので話したくても話せない、という方が正しい。小野田が逮捕された今、もはやその説明をする必要もないかもしれない。

その後、アジトの推定方法について話し合い、報告会はお開きになった。

帰り際、蓮城さんは今後も自主的に捜査に協力すると言っていた。彼は、シミュレーションという自分の武器を存分に振るう場所が新たに生まれたことを歓迎しているようだった。わくわくした表情に、根っからの研究者だな、と僕は感心した。

「食事の件、いい店を探しておくよ。メニューのリクエストがあればよろしく」

蓮城さんはその言葉を残し、曽根さんと共に教員室をあとにした。

「さて、交渉が必要だな」と風間さんが唐突《とうとつ》に言った。

「交渉って、何のですか？」

「誘拐犯との面会だ。君もそれを望んでいるのではないかと思うが、どうかね？」

「……すっかりお見通しですか。さすがです」

事件はまだ解決していないのに、ついつい口元が緩んでしまう。

風間さんの言う通りだ。僕は小野田富美加と会うことを望んでいる。「子供の居場所を吐け！」と説得するためではない。彼女の体に付着しているであろう死香を確認するためだ。

いや、それでは説明としては不充分《ふじゅうぶん》か。小野田の体から別の死香が感じられないことを確かめて、それで安心したいのだ。死香が増えていなければ、優杏さんはほぼ間違いなく無事でいるはずだ。

「私もサンプル採取を行いたいと思っている。これまでに手に入れた緑茶の死香のサンプルはどれも濃度が低く、充分な分析ができていない。当人の周囲の空気を採取できれば、より詳細な成分データを出せるはずだ」

気合の入った表情で言い、風間さんはソファーに座った。軽く握った拳《こぶし》を顎に押し当てる、いつもの思考のポーズだ。

「どうしたんですか」

「この事件の全体像を考えている。誘拐された少女が見つかるまで、君は安心できないだろう。一秒でも早く解決させたい」

「緑茶の死香を歩いて探すというのは……ダメですよね」

「そんな非効率的なことをさせたくはない。もっといい方法があるはずだ」

風間さんが本格的に黙り込む。

エアコンの音が耳につくほどの静寂《せいじゃく》が教員室に訪れる。

僕は風間さんに背を向け、自分の席に座った。こういう時、風間さんはいつもベストな解決策を編《あ》み出してきた。あれこれ口出しする必要はない。そっとしておくのが助手のたしなみだ。

僕は溜まっていた雑用を片付けつつ、風間さんが口を開くのを待った。

10

「どうも、ありがとうございました」

一礼し、桜庭と名乗った男性が取調室を出ていった。

ふっとため息が漏れる。それで、私は自分が緊張していたことを知った。

部屋の隅で様子を見ていた久住さんが声を掛けてきた。「はい」と頷き、私はパイプ椅子の背に体を預けた。

「大丈夫?」

久住さんは警視庁の刑事で、誘拐事件の専門家なのだという。そんなすごい人だと思えないくらい、私に対しては物腰が柔らかい。

逮捕されて警察署に連れて来られた時は、厳しい取り調べが待っているのだと覚悟していた。しかし、久住さんは声を荒らげたり、机を叩いたりすることなく、静かに私の話を聞いてくれた。仮にそれがマニュアル通りの対応だったとしても構わない。信頼できる大人がいると分かっただけで、私は少し救われた気分になれた。

それにしても、今の作業は何だったのだろう。自分の手の匂いを嗅いでみても完全に無臭だ。

——ちょっと、協力してほしいの。じっとしていればいいだけだから。

今朝、久住さんにそう言われ、私は取調室に連れて来られた。五分ほど待っていると、白衣《はくい》を着た小柄な男性が現れた。

彼を見た時、私は一瞬、一日署長をしている女性アイドルが面会に来たのかと思った。それくらい、その男性は可愛《かわい》い顔立ちをしていた。なので、桜庭潤平《じゅんぺい》という名前を聞いて、「え、男の人なの」と驚いてしまった。

彼は臭気分析の研究の助手をしていると説明し、私の周囲の空気を注射器で集め始めた。作業は五分ほど続いただろうか。桜庭さんは特に何も言わず、お礼だけを言って部屋を出ていってしまったのだった。

「これでおしまいですか？」

「あ、ごめんなさい。もう一人、別の人が来るの」と久住さんは申し訳なさそうに言う。

「さっきの桜庭さんと一緒に研究をしている先生」

「また空気を集めるんですか？」

「そうだと思うわ。すぐに始めて構わない？　休憩を挟むこともできるけど」

「全然平気です」と私は言った。疲れていないし、早く終わる方がいい。

じゃあ、と久住さんが内線電話の受話器を手に取った。

彼女がどこかに電話をしてから三分後。桜庭さんとは打って変わって、背の高い男の人が部屋に入ってきた。

ただ長身というだけではない。手足が長く、スリムなスーツがとてもよく似合っている。ファッションショーに登場する男性モデルを私は連想した。

「東京科学大学の風間だ」

男性は低くて耳に残る声で名乗り、持っていたアタッシェケースを机に置いた。本物の研究者ではなく、男性俳優が役柄を演じているのではないかと感じるほど、彼の顔立ちは完璧《かんぺき》に整っている。

「サンプル採取をさせてもらう」と取り出した注射器は、桜庭さんが使っていたものより全然大きかった。さっきのは魚肉ソーセージくらいの大きさだったのに、彼のは大根みたいなサイズだ。

風間さんが私の周囲の空気を集め始める。シュコシュコという音が不気味だ。得体《えたい》の知れないモンスターがすぐ近くで呼吸している、みたいなシーンが勝手に頭に浮かんできてしまう。

彼の作業は十分ほど続いた。長いな、と思い始めたところでようやく注射器を片付けだした。ホッとしたのもつかの間。風間さんはなぜか私の向かいに腰を下ろした。

「え、あの……」

「少し話がしたいんだって」と、部屋の隅で見守っていた久住さんが言った。「ごめんね、先に言えばよかった」

「……いえ、大丈夫です」

面倒臭いが、我慢すれば済むことだ。

何を訊かれても、優杏のことを話すつもりはなかった。

私が逮捕されて、もう三日が経った。優杏は、私がもう戻ってこないと分かっているはずだ。それでも、交番や近所の人に助けを求めようとはしていない。優杏は一人で生きていくことを望んでいるのだ。

あの日――私たちが出会った時、優杏は公園のベンチに座っていた。無表情で自分の靴をぼんやり眺《なが》めている姿を見て、「昔の私と同じだ」と思った。誰からも愛されることなく、息苦しいだけの日々を過ごしているに違いないと、そう確信した。

だから、私は彼女の隣に座り、自分の身の上を話した。そして、「よかったら一緒に来ない？」と誘った。「うん！」と、優杏は大きく、そして嬉しそうに頷いた。

私は彼女を救ったのだと思った。優杏との生活は、妹ができたみたいで本当に楽しかった。

でも、そんな幸せな日々は、ほんの数日で壊れてしまった。誰が悪いのか、私には分からない。ただ、崩壊《ほうかい》の引き金を引いたのは間違いなく私だ。

「――私は、匂いの研究をしている」

思考の沼に沈《しず》み込みそうになった時、風間さんの声が私を現実に引き戻した。顔を上げると、彼は私をまっすぐに見ていた。

「君が立ち寄った郵便受けやＡＴＭから、ある臭気成分が検出された。それは、死者が放つ香りだ。我々はそれを、『死香』と呼んでいる。まだ死香の分析は終わっておらず、充分な証拠にはなりえない。それでも私は、君が何らかの死に関わっていると確信している」

風間さんの言葉に、私より先に久住さんの方が反応した。目を見開き、風間さんの背中を凝視《ぎょうし》している。彼女も、風間さんが何の話をするか聞かされていなかったのだ。

どう答えるべきだろう。私は足元に目を落とした。私の腰から延びる紐が視界に入る。紐の先は机の脚に結び付けられている。逃げられないよ、とその紐が語り掛けているような気がした。

「死香の濃度水準から推測すると、君は遺体に直接触れているはずだ。時期は、君が郵便受けからキャッシュカードを回収した日より前だ。君が少女を誘拐した公園からは、その臭気成分は検出されていない。屋外なので匂いが消えてしまった可能性もあるが、遺体に接したのは少女を連れ去ったあとではないかと思う。――何か言いたいことはあるかね？」

風間さんが言葉を切る。顔を上げなくても、彼が私を見つめているのが分かる。彼の目を見るのが怖《こわ》い。私には顔を伏せ続けることしかできなかった。

「特に異論はないようだな。では、一つ、確認したい。君が連れ去った少女は、その死のことを知っているのかね？」

風間さんの問い掛けに、ドキン、と心臓が強く反応した。

「公衆電話の死香は弱かった。おそらく、彼女は遺体には触れていないだろう。ただ、死香が皆無《かいむ》というわけではない。君を介して間接的に死香が付着したか、あるいは生活している場所の近くに遺体がまだ残っているか、そのどちらかだ。後者だとしても、室内に遺体が放置してあるはずはない。そこまで匂いは強くないからだ。庭に穴を掘り、そこに遺体を埋めた、というのがもっとも可能性が高いように思う。その場合、家に残された少女は死臭を感じているかもしれない。それでも、彼女は隠れ家に留まり続けている。それは君を強く信頼しているからだ」

そこで急に静かになる。恐る恐る顔を上げてみると、風間さんと目が合った。彼の表情は柔らかい。優しい目でこちらを見ている。

「少女は一人で暮らしていけるだろうか？　君が引き出した五十万円は、あといくら残っている？」

ゆっくりと、丁寧に風間さんが質問をする。

「食料は充分かね？　電気代や水道代の支払いに支障《ししょう》は出ないかね？」

問い掛けられるたびに、私の心に鋭《するど》い痛みが走る。

「学業の方はどうだろうか。服や下着は足りているか？」

優杏は今、あの家で一人で暮らしている。

——死体のある、あの家で。

考えないようにしていたその事実が、私の呼吸を苦しくさせる。

私は優杏に我慢をさせたいわけじゃない。ただ、寂しさを埋めてあげたかっただけだ。それなのに、現実はまったく逆になってしまっている。

気づくと私は涙《なみだ》をこぼしていた。

「……大丈夫？」

久住さんが私の背中に触れる。生まれたての子猫を抱くような、優しくて温かい手。その温もりが、私の痛みを癒《い》やしていく。

乱れていた呼吸が落ち着くのを待ち、私は言った。

「……優杏を、迎えに行ってあげてください」

11

「ああ、間違いないですね」

その家が路地の先に見えた瞬間、僕は思わず呟いていた。

「非常に閑散としている」周囲の民家を眺めながら風間さんが言う。「都内でも、足立区は空き家が多いエリアとして知られている。この辺りも無人の家が多いようだ。だからこそ、夜中に遺体を埋める作業をしていても気づかれなかったのだろう」

僕たちは今、足立区の住宅街を歩いている。キャッシュカードの送り先に指定された空き家から、南西方向に一キロほど離れた地区だ。

二日前、この地域にある一軒家で、松下優杏さんは保護された。他には誰もおらず、彼女は買い溜めてあったカップラーメンを食べて生活していたそうだ。

この民家で、優杏さんと小野田富美加は二人で暮らしていた。

――いや、正確にはもう一人いた。

優杏さんが連れて来られた時、この家には堂島隆俊《どうじまたかとし》という三十三歳の男性が住んでいた。家主《やぬし》は彼で、数年前に両親が相次いで他界してからは一人暮らしだった。パチプロとして生計を立てていたようだが、稼ぎは少なかったらしい。生活費の大半は、両親が遺《のこ》した貯金から捻出《ねんしゅつ》していたそうだ。

堂島さんと小野田が出会ったのは、昨年の春のことだった。家を飛び出し、公園で寝泊まりしていた彼女を見つけ、堂島さんは自宅に連れ帰った。それからずっと二人で生活していたそうだ。

「彼のことを、心から愛していました」

小野田は警察の取り調べでそう語った。倍ほども歳《とし》が離れているが、少なくとも小野田にとっては、堂島さんとの同棲《どうせい》は最高に幸せな日々だったようだ。

だが、二人だけの暮らしは突然終わりを告げた。公園にいた優杏さんを、小野田が家に連れ帰ったからだ。

「あの子の顔を見てすぐ、愛されていないんだなって分かりました」

誘拐という犯罪に走った理由を、小野田はそう話している。

堂島さんは驚いた様子を見せたものの、優杏さんを住まわせることに反対はしなかったという。小野田はそのことに安堵《あんど》し、優杏さんを幸せにしようと誓《ちか》った。

その決意が、結果的には悲劇《ひげき》を招くことになったのかもしれない。

優杏さんが家に来てからわずか三日後のことだった。

その夜、堂島さんはパチンコで大勝ちし、夜遅くまで飲んで帰宅したのだという。酩《めい》酊《てい》していた彼は、寝ていた優杏さんを襲《おそ》おうとした。

それがアルコールの影響なのか、それとも最初からそのつもりで家に迎え入れたのかは分からない。小野田は堂島さんの下劣《げれつ》な行為を止めようとしたが、逆上した彼に殴《なぐ》られてしまった。

堂島さんは、再び優杏さんの寝室《しんしつ》に向かおうとした。小野田は無我夢中《むがむちゅう》で、近くにあった荷造り用のビニール紐で堂島さんの首を絞めた。そして、そのまま彼を殺してしまった。

「私は遺体を庭に埋めました。三時間以上は掛かったと思います。その間、優杏が目を覚ますことはありませんでした」

小野田は警察にそう説明した。優杏さんも、「朝、起きてみたらおじさんが急にいなくなっていた。『仕事で遠くに行っている』とお姉ちゃんが言っていたので、そうなんだと思った」と話しているそうだ。

ただ、優杏さんが本当のことを話しているかどうかは分からない。恐ろしいことが起きていると知りつつ、ひたすら寝たふりをしていた可能性もある。……もちろん、その真相を突き止めようとは思わない。

事件のことを思い返しているうちに、僕たちは現場に到着していた。

玄関のガラス戸は路地に面していて、庭と呼べるようなスペースはない。戸を開けて三段の石段を降りたら、もうそこが道路だ。

玄関脇のポストには、『堂島』と油性ペンで書かれた紙が貼り付けてあった。

「中を通らないと裏庭に行けないんでしょうか」

「いや、そちら側に隙間《すきま》がある」

覗いてみると、確かに隣家の塀と堂島家の外壁の間に空間があった。幅は四〇センチあるかどうか。小柄な僕でも体を横にしないと通れそうにない。

「遺体は家の中を通って搬出《はんしゅつ》したみたいですね」と僕は言った。庭に埋められていた堂島さんの遺体はすでに運び出されている。この狭い隙間を通すのは無理だろう。

「私は裏庭でサンプル採取を行うが、君はどうする？」

「……やめておこうかと思います。ここにいるだけでも、結構頭がくらくらしてるので」と僕は正直に言った。

　遺体が放つ死香は強烈《きょうれつ》だ。それが埋まっていた土からも、極めて濃厚な死香が立ち上っている。死香は濃度が高まると、視覚にも影響を及ぼす。匂いが眩しい光の粒《つぶ》となって現れるのだ。たぶん、僕の目には裏庭が輝いて見えることだろう。

「そうか。では、いったん車に戻ろう。そちらで待っていてくれ」

「別にここでも……」

「いや、ダメだ」

　風間さんが僕の手を取って、来た道を引き返そうとする。

「だ、大丈夫です、一人で歩けます」

「そうか。別に遠慮《えんりょ》はいらないが」

　遠慮とかいうレベルの話ではない。いくらひと気がないとはいえ、風間さんと手を繋いで歩く度胸は僕にはない。

　二人で並んで、細い路地を歩く。二月もあと一週間で終わる。少し、寒さがやわらいだような気がする。春はもう手の届くところまで来ているようだ。

「……一応報告しておくと、緑茶はアウトになったと思います」

「それを嗅ぐのに力を注いでいたからな。仕方ないだろう」と風間さんが神妙に言う。

「ただ、緑茶のような、飲料系の食材は比較的対処しやすい。君が緑茶らしく感じる味の粉末を用意し、それを湯に溶かせばそれで済む」

「そこまでしてまでお茶を飲もうとは思わないです」と僕は笑った。「水でいいです」

「そうか。飲む飲まないにかかわらず、研究の一環として成分分析は行う。飲みたくなったらいつでも言いなさい」

はい、と頷き、僕は堂島さんの家を振り返った。

「……これ以外の解決はありえなかった、と言っていいんでしょうか」

「我々は最善を尽くした」と風間さんが断言《だんげん》する。「警察から事件の話を聞いた時点で、家主の男性は亡くなっていた。時を戻すことはできない」

「まあ、それはそうなんですけど」

「……まさか、ネグレクトについての責任を感じているのか？」と風間さんが眉間《みけん》にしわを寄せる。

「いや、そこまで何でもかんでも自分のせいにはしませんよ」と僕は手を振った。「ただ、家族って難しいな、と思いまして」

聞いたところによれば、優杏さんは家の中で孤立していたらしい。シングルマザーだった母親は二年前に年下の男性と結婚したのだが、新しい父親は優杏さんを娘として可愛がろうとしなかった。しかも、昨年の秋に弟が生まれてからは、優杏さんへの風当たりはさらに強まっていったようだ。少なくとも、優杏さんが「自分はいらない人間なのだ」と思い込んで家を飛び出すくらいには冷遇《れいぐう》されていたのだろう。

「家族というのは、たまたま選ばれて共に暮らしている者同士でしかない。そこに過剰《かじょう》な意味を持たせようとするから、無理が生じるのだ。『家族』が難しいのではない。『人間関係そのもの』が難しいのだ。ネグレクトはれっきとした虐待《ぎゃくたい》だ。今回の場合は、周囲の大人がそれに気づいていれば、家出は食い止められたのではないかと思う。正しい形で家を出るべきだったのだ」

「なるほど……なんていうか、割り切った考え方ですね」

「それが私にとって自然な発想だ」

「でも、もし風間さんに子供ができたら、溺愛《できあい》しそうな気がします」と僕は言った。

だってそうだろう。いくら特別な体質が備わっているとはいえ、他人の僕に対してここまで過保護になれるのだ。実の子供だったら何倍も愛情を注ぐに決まっている。

「……それは、想像すらしたことがない未来だ」と風間さんが顎に手を当てる。

「え、全然考えたことがないんですか」

「ああ。私は今の状況にとても満足している。それをわざわざ変える必要性が感じられない。私にとっての家族は桜庭くんだけで充分だ」

「はは。身に余るありがたいお言葉って感じです」

僕は風間さんを見上げて笑った。

風間さんは僕の顔を一秒ほど見つめて、「正当な評価だ」と真顔で言った。

その表情があまりに真剣《しんけん》だったので、「でも、いつまでも一緒には暮らせないですよ」という言葉を僕は飲み込まざるを得なかった。

挿話　真夜中の確認作業

風間由人《かざまよしひと》は闇《やみ》の中で体を起こした。

ベッドを降り、眼鏡《めがね》を掛ける。枕元《まくらもと》のデジタル時計《どけい》に目を向けると、午前三時十五分だった。今夜もやはり、同じ時間に目が覚めた。

昔から起床時の覚醒《かくせい》は早い。直前まで何か夢を見ていた気もしたが、ぼんやりとした輪郭《りんかく》があるだけで内容は思い出せなかった。

小さく息をつき、スリッパを履《は》く。底面にウサギの毛が使われており、足音をほぼ完全に消し去る効果がある。

目が暗闇に慣れるのを待ち、風間は部屋を出た。

息を潜《ひそ》めながら廊下《ろうか》を進み、桜庭潤平《さくらばじゅんぺい》が寝ている部屋のドアの前に立つ。

ドアレバーに手を掛け、慎重《しんちょう》にそれを下げる。自分の部屋で何度も練習したので、音を立てずにドアを開けられるようになった。

部屋の中は真っ暗だ。潤平は常夜灯《じょうやとう》をつけずに寝る。

ゆっくりと、薄い氷の上を進むようにベッドに近づく。室内は温かく、そして潤《うるお》っていた。風間の指示通り、潤平はエアコンと加湿器を稼働《かどう》させている。風邪《かぜ》を引かないためにそうしろと言ってある。

潤平は体の右側を下にして眠っていた。目を閉じ、静かに呼吸している。

ちゃんと、生きている。そのことに安堵《あんど》する。

健康な若者が突然命を落とす確率がどれほど低いかは、充分に理解しているつもりだった。それでも、こうして確かめずにはいられなくなる。それも、毎晩だ。

夜中の三時過ぎに目が覚めるようになったのは、潤平が引っ越してきた翌週からだ。それから三カ月が経《た》っても、深夜の起床は続いている。

なぜ目が覚めるのか。理由は分かりきっている。潤平のことが心配だからだ。

別々に暮らしていた時は、これほどまでに神経質になることはなかった。それが一変したのは、潤平の安全を脅《おびや》かす「敵」が出現したからだ。相手の攻撃から彼を守るため、風間は同居という選択をした。

ただ、葛藤《かっとう》がなかったわけではない。死香を感知する才能が、環境の変化によって失われるリスクは常に存在する。寝泊まりする部屋を変えたことによってストレスが生じ、死香《しこう》を嗅《か》ぎ取れなくなるかもしれない。その危険性と潤平の身の安全のどちらを取るか。風間は様々な視点から両者を比較《ひかく》、分析し、自宅に連れてくることを決めたのだった。

幸いなことに、その判断は死香感知に影響を与えることはなかった。

「……ん、んん」

潤平が寝返りを打つ。そんな当たり前の仕草も、不思議と愛《いと》おしく感じる。

誰《だれ》かに対して、こんな感情を抱いたのは潤平が初めてだった。

風間はずっと、血の繋《つな》がった親族に対して抱く感情が「愛」と呼ぶべきものだと思っていた。

だが、潤平と暮らし始めて、それが間違いだったと気づかされた。今まで愛だと思っていたのは、単なる「義務感」にすぎなかった。親族だから大切に扱わねばならない。そんな社会常識を愛情と履《は》き違えていただけだったのだ。

だが、潤平に対するこの感情はまったく違う。ただ純粋に彼の平穏《へいおん》を願わずにはいられなくなる。

いつまでこの共同生活が続くのかは分からない。だが、どれだけ長期間になったとしても、真摯《しんし》に接し続けようと風間は誓《ちか》っていた。

寝顔を見守る時間は心地よいものだが、今日も死香の研究で忙しい。名残惜《なごりお》しいが、自分のベッドに戻ることにしよう。

――しっかり眠りたまえ。

心の中でそう語り掛け、風間は足音を消しながら潤平の部屋をあとにした。

第三話
死への渇望は、はるか彼方にて香る

1

その音は、プラスチックのコップを洗面台に落とした時のそれに似《に》ていた。

武藤《むとう》は床に尻餅《しりもち》をつき、呆然《ぼうぜん》とした表情で俺を見ていた。倒れ込んだ拍子《ひょうし》にテーブルのグラスが倒れ、中の日本酒が床に流れ落ちている。

「ほ、本当に撃《う》つなんて……。撃つなって言っただろ」

震《ふる》える声で武藤が言う。目尻には涙《なみだ》さえ浮《う》かんでいた。そのあまりに情けない態度に、俺は限りない優越感《ゆうえつかん》を覚えた。

「お前が俺を信用しないからだ」

俺は空《から》の薬莢《やっきょう》が落ちた位置を確認し、銃口《じゅうこう》を武藤の腹から顔に向けた。先端《せんたん》に取り付けたサイレンサーは俺が自作したものだ。発砲音《はっぽうおん》は充分《じゅうぶん》に低減《ていげん》されている。

「ひっ」と小さく叫んで、武藤が両手を突き出す。この上なく無様《ぶざま》だった。

「それを脱《ぬ》げ」と俺は指図した。

「え、それって……」

「防弾《ぼうだん》チョッキだよ。要《い》らないだろう、そんなものは」

武藤は俺が持ってきた防弾チョッキを着ている。俺がそうしろと命じたのだ。

拳銃で脅しても、相手が本物だと信じるとは限らない。いや、十中八九モデルガンで虚勢《きょせい》を張っているだけだと思うだろう。それが分かっていたので、わざわざ防弾チョッキを準備した。アメリカ製で、向こうの警察でも採用されている本格的なものだ。

ただ、高性能な防弾チョッキでも威力をゼロにすることは不可能だ。銃弾を受けると、大人の男性でも、今の武藤のように倒れ込んでしまう。衝撃《しょうげき》は確実に内臓に伝わっているだろう。武藤の脳には死への恐怖心《きょうふしん》が芽生《めば》えているはずだ。

「脱いだら撃つつもりじゃないのか」

「衝撃で混乱してるのか？」と俺は吐《は》き捨てた。「その気があるなら、ここに来た直後に撃つに決まっている。こんな面倒臭いことをするわけがないだろ」

「それは……確かにそうかもしれないけど」

「いいから脱げ。あと十秒待ってやる。従わなければ頭を吹き飛ばす」

銃口を揺《ゆ》らしてみせると、武藤は慌《あわ》てた様子で防弾チョッキを脱ぎ始めた。俺は内心ほっとしていた。この銃は間違いなく本物だが、武藤に銃弾を撃ち込むつもりはない。おとなしく言うことを聞かせるための道具として使っているだけだ。

「ぬ、脱いだぞ」

「そこに置いて立ち上がれ。両手は頭の後ろに。変な気を起こすんじゃない。俺の指は引き金に掛かっている」

計画を実行する前に、本物と同じ重さのモデルガンでさんざん練習してきた。一発だけだが、ここに来る前にこの銃で試し撃ちもした。武藤が襲《おそ》い掛かってきても、冷静に対処できる自信はある。

武藤が怯《おび》えた目を俺に向けながら立ち上がる。実に従順《じゅうじゅん》だ。こいつはこの程度の人間なのだ、と思うとおかしくて仕方がなかった。

「……いったい、どうするつもりだ。金か？　家にはあまり現金はないんだ。嘘《うそ》じゃない。必要な時にだけ下ろしに行く感じで生活してるんだ」

「金なんかどうでもいい」

「じゃあ、何なんだよ」

「想像してみろよ」と俺は口の端《はし》を持ち上げてみせた。「最高に楽しいことだ」

2

三月十二日、火曜日。僕は風間《かざま》さんと共に、多摩《たま》市にやってきた。

車を降《お》り、十階建ての建物を見上げる。時刻《じこく》は午前九時を少し過ぎていた。春の柔《やわ》らかな日を浴びながら、無機質な灰色の塊《かたまり》がじっと聳《そび》えていた。

このマンションは二十年ほど前に建てられたものだ。駅から遠いためか人気がなく、近年は空《あ》き部屋《べや》が目立つ状態が続いているという。

これから向かう現場の住人は、数年前にここへ引っ越してきた。名前は武藤則明《のりあき》さん。三十六歳《さい》の男性で、新宿《しんじゅく》にある商社に勤務《きんむ》していた。

「どうだね、匂《にお》いは」

「……感じますね。遺体《いたい》を運び出す時にこの辺りを通ったんだと思います」と僕は言った。感じている死香《しこう》は、トーストの香《こう》ばしい匂いだ。焼きすぎの、濃《こ》い焦《こ》げ目《め》のついた食パンが自然と連想される。

「……表情が険《けわ》しいな」

「ある程度予想はしていましたが、やはり似ています」

僕は建物の玄関《げんかん》を見つめながら呟《つぶや》いた。現場に立ち入るまでもなく、はっきりと言いきれる。僕はこの系統の死香を知っている。

玄関のガラス扉《とびら》の向こうにスーツ姿の男性が現れた。曽根《そね》さんだ。今日は白いマスクをつけている。

彼はこちらに気づき、扉を押し開けて外に出てきた。

「どうも……」

手を上げて挨拶《あいさつ》しかけた瞬間、曽根さんが激しいくしゃみをした。

「大丈夫ですか？」

僕が声を掛けると、「ああ、ご安心を。病気ではありません。どうやら花粉症《かふんしょう》になってしまったようで」と曽根さんが涙目で言った。「お二人は大丈夫ですか」

ええ、と僕たちは揃《そろ》って頷《うなず》いた。以前、風間さんの勧《すす》めで、血液アレルギー検査を受けたことがあった。花粉アレルギーで鼻が詰《つ》まると死香の感知に支障《ししょう》が出る。風間さんはそれを懸念《けねん》したのだ。検査の結果、僕は花粉症になりにくい体質だと判明している。ちなみに風間さんも一緒に検査を受けていて、結果は僕と同じだった。

「現場への立ち入りは可能でしょうか」

「大丈夫です。事件性はないと判断されています。ご案内しましょうか」

「いえ、それには及びません。我々《われわれ》だけで結構です」

「そうですか。では、鍵《かぎ》をお渡《わた》ししておきます。作業が終わりましたら電話でご連絡《れんらく》ください。鍵を回収に行きますので」

曽根さんはそう告げると、周囲に響《ひび》き渡るくしゃみをして去っていった。

「では、行こうか。道案内は君に任せるとしよう」

はい、と僕は前に立って歩き出した。目的の部屋が九階にあることは聞いたが、部屋番号は知らされていない。死香を嗅《か》ぐ際に集中力を高めるためのテクニックだ。それプラス、自力で部屋を探し当てようとする中で得られる情報もある。

郵便受《ゆうびんう》けの並ぶエントランスを通り抜け、エレベーターに乗り込む。

狭《せま》い箱の中にはパンの死香が漂《ただよ》っていた。ただ、匂いはそこまで強くない。警察関係者や遺族、マンションの管理人が部屋に立ち入った際に付いた死香だと思われる。遺体そのものは非常階段で搬出《はんしゅつ》したのだろう。

速度の遅《おそ》いエレベーターが、じっくり時間をかけて僕たちを九階へと押し上げた。かごを降りると、外気に面した廊下《ろうか》が左右に延びていた。匂いは明らかに右側から漂っている。

一歩を踏《ふ》み出すたびに、死香の強さが増していく。通りに面したパン屋にだんだん近づいていくような感覚だった。

長く続く廊下を進んでいくと、突き当たりに白いドアが見えた。そこが非常階段のようだ。匂いはますます濃くなっている。

焦げた香りを頼りに、僕は非常階段の二つ手前、九三二号室の前で足を止めた。表札《ひょうさつ》は見ずに、「ここだと思います」と僕は言った。

「さすがだ。いちいち褒《ほ》めるのも無粋なことかもしれないが、相変わらず君の嗅覚《きゅうかく》は素晴《すば》らしい」

「風間さんは匂いを感じませんか？」

「ほぼ無臭だ。微《かす》かにかび臭さがあるが、これは建物固有の匂いだろう」

風間さんはそう言って、曽根さんから渡された鍵で開錠《かいじょう》した。

白手袋を装着《そうちゃく》し、室内用のポリエチレン製の透明《とうめい》シューズカバーを用意する。警察は事件性無しと判断したようだが、油断はできない。いや、「だからこそ警戒《けいかい》すべき」と言う方が正しい。相手が用意周到《しゅうとう》に殺人の痕跡《こんせき》を消している可能性も考えられる。

「開けます」

深く呼吸をしてから、僕は玄関のドアを開けた。

中から、焦げたパンの死香が溢《あふ》れ出す。僕は反射的に唾《つば》を呑《の》み込んだ。

靴の上からシューズカバーを履いて、慎重《しんちょう》に廊下を歩き出す。

狭い廊下の左右に、ドアがいくつか並んでいる。その中に、特に匂いの強いものがあった。

手袋をした手でドアを開ける。そこは六帖《じょう》の寝室《しんしつ》だった。ベッドと据《す》え付《つ》けのクローゼット、あとは小さな本棚《ほんだな》があるだけのシンプルな部屋だ。

ベランダに出るガラス戸のカーテンは全開になっている。僕はそちらに近づき、カーテンレールを見上げた。

「ここですね」

「完璧《かんぺき》だ！」と後ろで風間さんが感嘆の声を上げた。「亡《な》くなった男性は、そのカーテンレールに紐《ひも》を掛けて首を吊《つ》っていた」

「……そうですか」とため息をつき、僕はカーテンレールを見上げた。

武藤さんの遺体が発見されたのは、昨日の夕方のことだ。会社を無断欠勤していた彼を心配し、上司《じょうし》がマンションの管理人に連絡を取った。管理人が様子を見に来たところ、室内で首を吊っている武藤さんを発見したのだった。

死亡推定《しぼうすいてい》時刻は、発見の前日、日曜日の夜と推算された。半日以上首を吊った状態で放置されていたことになる。

リビングにはメモが残されており、『人生に疲《つか》れたので命を絶《た》つことにした』という内容が震える字で書かれていたという。周囲の人の話では自殺の予兆はなかったらしいが、そのメモが決め手となって自殺と判断されたようだ。

ガラス戸の前を離れ、室内の死香を確認する。匂いは広範囲《こうはんい》に付着している。この部屋に立ち入った人たちが無自覚にまき散らしたのだ。死香の状況から人の出入りを推測《すいそく》するのは厳《きび》しそうだ。

「風間さん。サンプル採取《さいしゅ》を始めて大丈夫です。僕は他の部屋を見てきます」

「了解した。ここからはお互い自由にやろう」

風間さんは愛用《あいよう》のアタッシェケースから注射器を取り出すと、さっそく空気を集め始めた。

彼を寝室に残し、廊下に出る。目についた部屋から順に匂いを嗅いでいく。

段ボール箱が山積みの和室。きつい香りの芳香剤《ほうこうざい》が置かれたトイレ。床が黒のタイル張りの狭い浴室。それらの部屋の死香は弱い。空気の流れによって運ばれてきた臭気成分が漂っているだけだ。

手前の部屋の確認を終え、僕はリビングに入った。広さは八帖ほど。一人用のソファーと、六〇インチの大きなテレビが設置《せっち》されている。

「……ん？　これは」

僕はわずかな違和感を覚えた。

リビングの死香は、さっき確認したいくつかの部屋よりも強く香っている。遺体発見後に立ち入った人がいるので、これは当たり前の現象だ。気になったのはそこではない。この部屋だけ、パンの死香のテイストが異《こと》なるのだ。

じっくり匂いを嗅ぐ。すると、焦げたパンの香りの中に、揚げたてのドーナツの匂いが感じられた。もちろん、室内のどこにもそんなものはない。これも死香だ。

リビングを一周し、ドーナツの死香を探す。匂いは部屋のあちこちに付着していたが、食事用のテーブルの付近が強い。特に、椅子《いす》からはっきりと感じられる。どうやら、ドーナツの死香をまとった人間が席についていたようだ。

白いテーブルの脇《わき》に立ち、状況を整理してみる。

まず、ドーナツの死香は武藤さん自身に付着していたものではない。もしそうならば、廊下やトイレ、浴室でも感じられたはずだ。つまり、ここに来た誰《だれ》かがまとっていた香りと見て間違いないだろう。

その「誰か」が警察関係者である可能性は低い。椅子に座るとは思えないからだ。ありうるとすれば、遺体の第一発見者となった建物の管理人、あるいは遺族のどちらかだろう。これは確認すれば分かることだ。

もし、両者とも「シロ」だった場合は、第三者がこの場所に足を踏み入れていたと考えていい。問題は、その人物が武藤さんの死に関わっているか否か、という点だ。

現時点では明確なことは言えない。例えば、親族を亡くし、葬儀《そうぎ》などで遺体に触《ふ》れていた人が、数日以内にここに遊びに来ていた——ということもありうる。

それでも、僕は不穏《ふおん》な想像をせずにはいられなかった。いま感じている二つの死香が、「あの匂い」と同じ系統だからだ。

その死香に出会ったのは、去年の五月のことだ。三十代の男性が相次いで自殺した事件の調査の中で、僕はパンの死香を何度も嗅ぐことになった。

性別や年齢《ねんれい》、そして死に至《いた》る状況が酷似《こくじ》していれば、死香はほぼ同じ匂いになる——。

僕はこの連続自殺事件によって、その事実を知ることとなった。

いや、「自殺」という言い方は正しくない。抗不安薬《こうふあんやく》を服用させて死への恐怖を薄れさせ、分かっているだけで六人もの男性を死に追いやったその行為は、殺人と呼ぶべきものだと僕は思っている。

一連の事件を引き起こしていたのは、月森《つきもり》という医師だった。彼の目的は、自殺によって生じる死香を嗅ぐことだった。

……そう。月森は僕と同じ、死香を感じる体質の持ち主だ。僕は食材の匂い、月森は花の匂い。感じ方は異なるが、仕組みはまったく同じだ。

紆余曲折《うよきょくせつ》を経て月森の企《たくら》みを阻止《そし》したものの、証拠不充分で本人の逮捕《たいほ》には至らなかった。その後、月森は勤めていた病院を辞め、姿を消してしまった。警察とも連携《れんけい》して行方を追っているが、まだ動向を摑《つか》むことはできていない。

僕と月森の間には因縁《いんねん》がある。自身の計画を妨害された恨《うら》みを晴らすために、月森は僕への復讐《ふくしゅう》を企《くわだ》てているらしいのだ。

昨年の十二月に、薬物の入ったスプレーを噴《ふ》き掛けられ、それで僕は一時的に嗅覚を失った。その事件を引き起こしたのは月森だと考えられている。

あの男が、また死香を求めて人の命を狩り始めたのではないか……。

ドーナツの死香を感じたことで、僕はその可能性を疑い始めていた。月森は誰かを自殺に追い込み、ドーナツの死香を身にまとった。そしてここを訪れ、言葉巧《たく》みに武藤さんを自殺させた。そんな仮説は充分に成立する。

「――あの男のことを考えていたのかね」

耳元で聞こえた声に、僕は「うわっ」としゃがみ込んだ。振《ふ》り返《かえ》って見上げると、風間さんがすぐそばに立っていた。いつの間に……。何の足音も気配もしなかった。

「違います……と言いたいところですけど、おっしゃる通りです」と素直《すなお》に認め、僕は新たに感じたドーナツの死香について説明した。

「もう一つの死香、か。分かった。こちらでもサンプル採取を行おう」

風間さんが新しい注射器を手に取る。さっきもそうだったが、彼の表情からは、いつもの高揚《こうよう》した雰囲気《ふんいき》は感じられない。月森が関わっているかもしれないと思うと、楽しい気分にはなれないのだろう。

僕はリビングを出て、廊下と玄関、そして外の廊下の匂いを確かめた。さっきは焦げたパンの香りの方に意識が行っていたせいで感知できなかったが、ドーナツの死香はここにも付着しているようだ。ただ、匂いのレベルはかなり低い。人の出入りで拡散された影響《えいきょう》もあるだろうが、そもそもの滞在時間が短く、それで匂いが弱いようだ。ただ通っただけの場所と見ていいだろう。

部屋に戻り、改《あらた》めて寝室の香りを確かめる。こちらにもドーナツの死香は存在している。焦げたパンの香りが強くて感じにくいが、リビングと同程度の濃度のようだ。「何者か」はこの部屋にもそれなりの時間滞在していたと推測される。

遺体発見時、玄関ドアは施錠《せじょう》されていなかったという。武藤さんの死を確認したあと、ここから立ち去ることはできたわけだ。

香りの確認を終え、僕は曽根さんに電話をした。

「はい、もう作業は終わりでしょうか」

「あ、いえ、いくつか確認したいことがあって。室内の指紋《しもん》は採取しましたか？」

「それはやっていませんね。自殺という判断ですから」

「そうですか。亡くなった武藤さんの血液検査はどうですか」

「抗不安薬が検出されていますね。死への恐怖を和《やわ》らげるために飲んだのだと……」

そこで曽根さんが黙り込む。曽根さんは少しの沈黙《ちんもく》のあと、「やつの仕業《しわざ》だと思いますか？」と鼻声で言った。

「その可能性を感じました」と僕はスマートフォンを持つ手に力を入れた。

「ついに、という感じですな……」と曽根さんが呟く。月森の危険性は曽根さんも把握している。昨年の連続自殺事件の被害者《ひがいしゃ》と同年代の男性が亡くなったケースについては、積極的に情報収集を行い、現場に足を運ぶ段取りを整えてもらってきた。

「抗不安薬の出どころは分かっていますか？」

「……いえ、残念《ざんねん》ながらそもそも調べてないようです。その辺をきちんと詰めるように伝えておきます」

曽根さんが申し訳なさそうに言う。彼に責任がないことはよく分かっている。曽根さんは事件の捜査を担当しているわけではない。

「他にも似たような事件が起きていないか、もう一度確認してもらえますか」

「分かりました。可能な限り範囲を広げて情報を集めましょう」

「よろしくお願いします」

今後はこまめに連絡を取ることを決めて、僕は通話を終わらせた。

これはピンチではなくチャンスなのだ。そう考えようと僕は思った。

まずは武藤さんの死の真相を明らかにすること。そしてそこに他者が関わっていたのなら、その人物を特定すること。そうやって段階を踏んでいけば、逃げ回っている月森の尻尾《しっぽ》を摑めるかもしれない。

僕は自分を奮《ふる》い立《た》たせるように手を叩《たた》き、風間さんのいるリビングへと向かった。

3

多摩の現場の調査を終え、僕は自宅《じたく》に戻ることにした。今日は特殊清掃《とくしゅせいそう》のアルバイトは休みだ。一応、このあとはオフということになる。

途中《とちゅう》、風間さんは風間計器《けいき》の近くで車を降りた。今日採取したサンプルをさっそく分析《ぶんせき》するのだという。

「徹底的《てっていてき》にやる。今日は帰りが遅くなるだろう」と風間さんは言っていた。声は冷静だったが、いつもより目に力があるように見えた。それだけ気合が入っているのだ。

「成果を聞きたいので、寝ないで待ってますよ」

僕がそう言うと、「それはいかん！」と強くたしなめられた。「体調管理を最優先に考えなさい。普段通りに寝るんだ」

「……そうですね。分かりました。風間さんも無理をしすぎないようにしてください」

そんな会話を交わして、僕は風間さんと別れたのだった。

彼とのやり取りを思い出しているうちに、マンションに着いていた。僕を乗せた黒のレクサスが、住人専用の地下駐車場《ちゅうしゃじょう》に入っていく。

所定の位置に車を停め、僕と運転手さんは外に出た。

「じゃあ、お願いします」

声を掛けると、運転手さんは無言で頷いた。僕が一人で戻った時は、運転手さんが部屋の前まで送り届けてくれる。風間さんがそう指示を出したからだ。

マンションのセキュリティレベルは高いが、万が一のことがないとは限らない――風間さんはそう言って、運転手さんによる送り迎《むか》えを僕に承諾《しょうだく》させたのだった。

運転手さんが周囲を警戒しつつ、薄暗《うすぐら》い地下駐車場を進んでいく。僕はその斜め後ろをついていく格好《かっこう》だ。

風間さん曰《いわ》く、「砥羽《とはね》ほどではないが彼も腕《うで》が立つ。ナイフを持った相手であっても、一瞬で制圧してしまうだろう」とのこと。経歴どころか名前すらまだ知らないが、とにかくボディーガードとしては十二分に優秀なのだろう。

エレベーターに乗り込んだところで、「あ、郵便をチェックしていきますね」と僕は言った。先に帰ることが多いので、郵便物の確認作業は僕が受け持っている。ちなみに届く郵便物の大半は風間さん宛てで、学会誌の見本や分析機器メーカーの広報誌などが多い。私的な手紙はまだ見たことがない。

ワンフロアだけ上がって、エレベーターを降りる。床が黒光りしているエントランスホールを横断した先に、入居者の郵便受けコーナーがある。

運転手さんが僕を手で制し、先にそちらに向かった。このマンションには管理人が常駐《じょうちゅう》しており、住人以外の出入りはきっちりとチェックされている。それでも安全確認を怠《おこた》らないのはさすがだ。雇い主の指示に徹底的に従う。もしかしたらあの人はアンドロイドなのではないか、なんてことを本気で思った。

その時、僕は嗅ぎ覚えのある匂いを感じた。

「……あれ？」

首を左右に動かし、匂いを深く嗅ぐ。気のせいではなかった。確かに、蜂蜜《はちみつ》の香りが感じられる。念のために自分の服を嗅いでみるが、蜂蜜の匂いはしない。今の今まで感じていなかったのだから当たり前だ。

ということは、この匂いはロビーに漂っていることになる。この香りは、本物の蜂蜜のそれではない。先週の半ばに、とある現場で嗅いだ死香だ。

「……どういうことだろう」と僕は首をひねった。

その一軒家では、七十代の女性が心不全《しんふぜん》で亡くなっている。僕と風間さんはその家を訪れ、サンプル採取を行った。場所は練馬《ねりま》区で、渋谷《しぶや》にあるこのマンションからは、直線距離で一〇キロメートル以上離れている。何かのはずみで匂いが漂ってくる可能性はゼロだ。

じっくり嗅いでみると、老婆《ろうば》の遺体が放っていた「オリジナル」の死香と微妙《びみょう》に違うのが分かった。前者がどろっとした濃い蜂蜜、こちらはさらっとした薄い蜂蜜のイメージだ。風味の強いものとマイルドなもの、と言い換えてもいい。

死香の出どころを探して臭いを嗅ぎ回っていると、運転手さんが郵便受けコーナーから出てきた。指でOKマークを作っている。安全確認が取れた、というジェスチャーだ。

とりあえず郵便物を回収してしまおう。死香を嗅ぐ作業を中断し、僕はそちらに足を向けた。

郵便受けコーナーは独立《どくりつ》した部屋になっており、縦長《たてなが》の空間の右手に郵便受けが、左手に宅配ボックスが並んでいる。

室内に足を踏み入れると同時に、「ここだ」と僕は呟いていた。エントランスホールよりもこちらの方が明らかに匂いが強い。

運転手さんに外で待機してもらい、死香をたどる作業に取り掛かった。監視カメラがあるので、あまり露骨《ろこつ》なことはできない。ゆっくりと郵便受けの前を通過しつつ、奥《おく》へと向かう。

足を踏み出すたびに匂いが濃くなっていく。僕はすでにある種の予感を抱いていた。たぶん、郵便受けや床に顔を近づけて匂いを嗅ぐ必要はない。

そして僕はある郵便受けの前で足を止めた。ネームプレートに差し込まれた紙には、『風間』と印字されている。僕と風間さんが暮らす部屋の郵便受けだ。蜂蜜の死香はここから放たれている。

中を確かめたい気持ちを抑え、僕はいったんその場を離れた。不可解な事態が発生しているのは間違いない。風間さんに連絡して、指示を仰ぐべきだ。

「あの、すみませんが、ここを見張っていてもらえませんか」

運転手さんに頼んでからエントランスホールの隅《すみ》に移動し、風間さんに電話する。実験中なのでどうかなと思ったが、風間さんはすぐに電話に出た。

「どうした？」

「奇妙《きみょう》なことが起きています」

僕はそう言って、現段階で分かっていることを説明した。

「三十分で着く。そちらで待っていてくれ」

風間さんはそれだけ言うと、すぐに通話を打ち切った。

管理人に事情を話し、郵便受けコーナーに誰も立ち入らないようにしてもらう。もちろん死香のことは言えないので、「危険物が送られてきたかもしれない」という風に説明した。

エントランスホールのソファーで待っていると、風間さんが飛び込んできた。予告通り、きっちり三十分での到着だった。

風間さんはいつもの白衣《はくい》姿だ。分析作業の途中で抜け出してきたから……というわけではないだろう。サンプル採取に備えて車中で着替えたらしい。アタッシェケースも持っている。

「状況に変化は？」

「ありません。僕が気づいてからは現場を保存しています」

「了解した。では、行こう」

ふと気づくと、運転手さんの姿が消えている。つい一分前まで郵便受けコーナーの出入口に立っていたのに。風間さんが入ってきたのを確認して立ち去ったようだ。ステルス能力が高すぎる。まるで忍者《にんじゃ》だ。

風間さんと共に、郵便受けコーナーに向かう。

「ここだな」

僕たちの部屋の郵便受けに到着したところで、風間さんがサンプル採取を始めた。愛用の注射器のノズルの先を差込口に入れ、空気を集める。

前にもこんなことがあったな、と作業を見守っていると、あの時と同じように風間さんは黒い箱状の機械を取り出した。携帯《けいたい》式のファイバースコープだ。細い管の先にカメラとLEDライトが付いていて、それで狭い場所の様子を確認できる。

風間さんは険《けわ》しい表情で、ケーブルの先を郵便受けに差し込んだ。

彼の手元のモニターを覗《のぞ》き込《こ》む。何通か封筒が入っているのが見える。分析科学《かがく》関連の学会の刊行物で、何度か目にしたことのあるものだった。

「届いているのは薄い冊子ばかりだな。見たところ、明らかに危険な物体はない。取り出しても大丈夫だろう」

風間さんはケーブルを引き抜くと、白い手袋を装着した。郵便受けはダイヤルを回してロックする形式になっている。

「鍵は掛かっている」

それを確認してダイヤルを回し、扉のロックを外す。

風間さんが慎重に扉を開いた。

郵便物を一通ずつ手に取り、差出人を確認してから僕に差し出す。それを受け取り、匂いを確かめる。

それを繰《く》り返《かえ》すうち、明らかに他より死香が強い封筒を発見した。長方形の、一般的に定形郵便に使われるサイズだ。持った感覚は軽い。何も入っていないようだ。切手も消印もちゃんとある。ポストに入れられ、通常の郵便としてここに届けられた手紙と考えてよさそうだ。

送り先はこのマンションの住所で、風間さんの名前と共に表に印刷されていた。裏には『東京《とうきょう》都千代田《ちよだ》区千代田1番1号』という住所と共に、『田中実《たなかみのる》』という名前が印字されている。

「差出人の住所は偽物《にせもの》だな」と風間さんが断定する。「これは皇居のものだ」

「ということは名前も……」

「適当に付けたものだろう。この『田中実』というのは、日本で最も多いフルネームとされている」

田中というありふれた苗字に、僕は胸騒ぎを覚えていた。それは、かつて月森が名乗っていた偽名だった。月森は「タナカ先生」という名で三十代の男性のカウンセリングを行い、彼らを言葉巧みに自殺に追い込んでいた。すべては死の瞬間に放たれる特別な死香を嗅ぐためだった。

まさか、武藤さんの自殺も……？

こんな封筒を見てしまうと、どうしてもその可能性を考えてしまう。

「開封する」

風間さんはアタッシェケースからハサミを取り出し、封を切った。そっと中を覗き、

「小さな透明のポリ袋が入っている」と言った。

「中身は袋だけですか」

「そうだ。サイズは五×六センチといったところだな。ファスナー付きのものだが、口は開いている」

ピンセットでポリ袋を取り出し、「む」と風間さんが顔をしかめた。「中にわずかに液《えき》体《たい》が入っている」

見ると、直径一、二ミリの細かな液滴《えきてき》が袋の底の方に付着していた。

「毒物かもしれない。分析が必要だな」と風間さんはファスナーを素早く締めた。

「だ、大丈夫でしょうか。吸い込んだだけで致命傷《ちめいしょう》になるような神経ガスだったらヤバイのでは……」

「油断《ゆだん》は禁物《きんもつ》だが、そこまで毒性は高くないだろう。そんなものが入っていれば、ここに届くまでの間に被害が出ているはずだ。それに、死香のこともある」

「……いったい、誰が何の目的でこんなことを……」

「相手は死香のことを知っている。断定はできないが、そう考えて行動した方がいいだ

ろう。最大限の警戒が必要だ」

風間さんが封筒を一回り大きなポリ袋に入れ、厳重に封をしてケースに仕舞う。その間、僕はずっと封筒に印字された住所を見ていた。

月森は、僕たちのそばに迫《せま》っているのだろうか……？

その考えが頭をよぎり、僕は気味の悪い寒気《さむけ》を覚えた。

4

「……おい、潤平《じゅんぺい》」

樹《いつき》さんに声を掛けられ、僕は顔を上げた。

「は、はい。何か」

樹さんはゴーグルにマスク姿でブラシを握りつつ、僕の方をじっと見ている。今は特殊清掃の作業中で、汚染《おせん》されたフローリングを二人で拭《ふ》いているところだ。会話に不向きなこの状況で樹さんが話し掛けてくるのは珍《めずら》しい。

「何か、じゃねえよ。洗剤《せんざい》の種類が違うだろうが」

僕はバケツに投入しようとしていた洗剤のボトルを見た。樹さんの言う通りだった。僕が持っているのは血痕《けっこん》の除去に威力を発揮するタイプのものだ。しかし、今日の現場は腐敗物《ふはいぶつ》による汚染の除去がメインなので、悪臭《あくしゅう》物質に効果の高い洗剤を使うべきだ。明らかな僕のミスだった。

「あ、すみません」

僕は慌てて蓋《ふた》を閉め、足元のかごから正しい洗剤を取り上げた。

水を張ったバケツに、薄緑色のどろりとした液体を流し入れる。ゴム手袋をした手でそれを掻《か》き混ぜていると、「体調が悪いんじゃないのか」と樹さんに言われた。

「いえ、そんなことは」

「朝から……っていうか、昨日からずっと上《うわ》の空《そら》じゃねえかよ。細かいミスをいくつもやらかしただろうが。普段の潤平ならやらないような、しょうもないやつを」

「……はい」

うつむくしかなかった。現場移動の際のルート伝達ミス、洗剤の選択ミス、書類の記入ミス、階段でのつまずき……確かに、どれも注意していれば防げる種類のケアレスミスだった。

「体調じゃないとしたら、心配事か」

僕が調整した洗剤をブラシに付け、樹さんが拭き掃除を再開する。僕もブラシを手に取り、彼と並んで床を拭き始めた。

「……そうですね。懸念事項があって、気がつくとそれを考えています」

「色恋沙汰《ざた》か？」

「まさか。全然違いますよ」

「借金は……違うか。潤平は無駄な金は使わないもんな。ひょっとして、風間さんとうまくいってないとか？」

「それも違います。風間さんとの関係も、大学でのアルバイトもいつも通りですよ」

と言ったものの、「これはちょっと嘘が入ってるな」と僕は思った。

今週の水曜日は普通《ふつう》に大学で勤務したし、作業内容も普段と変わらなかった。ただ、この三日ほど僕は風間さんと顔を合わせていない。仲違《なかたが》いしているわけではないが、いつも通りとは言いがたい。風間さんは風間計器に泊まり込んでいるようだ。焦げたパンの死香、ドーナツの死香、郵送で届いた蜂蜜の死香……その三つの匂いの分析で忙《いそが》しいのだろう。

「じゃあ、どういう種類の悩《なや》みだよ」

樹さんが睨《にら》みつけながら訊《き》いてくる。要領を得ない僕の答えに苛立《いらだ》っているようだ。

「……はっきりしたわけじゃないんですが、ストーカーに狙《ねら》われている気がします」

「マジか？　どんなやつだよ」

「十歳ほど年上の男性だと思います。以前、別の仕事でトラブルになったことがあったんです。飲食店の同僚《どうりょう》だったんですけど、お客さんに悪態をついていたのを会社に報告したら、逆恨《さかうら》みされてしまって」と僕は適当な昔話をでっちあげた。内容は嘘っぱちだが、大事な部分では割と現状を表しているとは思う。

「警察に相談は」

「まだそのレベルではないです。変な手紙が届くくらいなので」

「……それじゃ警察は動けねえか。……そっか、ストーカーか」と樹さんがため息をつく。「仕事に集中できないのも仕方ないよな」

「でも、言い訳にはしたくないです」と僕は言った。「こうして仕事に出てきている以上は、きっちりミスなくやり通さないと」

「この件について、風間さんに相談したのか？　犯罪捜査に協力してるんだろ。あの人なら警察にも顔が利《き》くだろうし、力になってくれそうだけど」

「そうですね。だからこそ、言いづらいというか……」

「遠慮《えんりょ》してる場合じゃないだろ。頼れる人は積極的に頼れよ」

「……そうですね。アドバイス、ありがとうございます」

僕は心の痛みを感じつつ、お礼の言葉を口にした。この件に関しては、すでに風間さんはガッツリ動いてくれている。相談するもしないもない。

……こんなのばっかりだな、僕は。

死香を感知する体質になってから、嘘をつく機会が格段に増えた。隠し事をするために一つ嘘をつくと、それを補う嘘がいくつも必要になる。その結果、嘘が雪だるま式に増え、自分でもうんざりする羽目になる。今の僕はまさにその状態だ。周りに言えないことが多すぎる。そして、打ち明けるにはもう遅すぎる。

いや、人間は案外そんなものかもしれない。

沈《しず》みそうになった気持ちを奮い立たせるために、僕はそう自分に言い聞かせた。誰だって何かしらの隠し事を抱えて生きている。何もかもを明《あ》け透《す》けにして生きている人間なんていないるはずがない。

そう思うと、一気に気が楽になった。同時に、風間さんはどうなんだろう、という疑問が湧《わ》いた。自分の欲求に忠実に生きているように見える彼にも、人には言えない隠し事があったりするのだろうか。

「……この事件が片付いたら、聞いてみようかな」

「ん？　何か言ったか、潤平」

「あ、いえ、独り言です。作業に集中します」

僕はそう言って、ブラシを握る指に力を入れた。

午後六時。特殊清掃の仕事を終えた僕は、送迎の車で東京科学大学にやってきた。曽根さんを交え、風間さんと三人で情報共有を行うためだ。

風間さんから「分析がひと通り完了した」という連絡があったのはつい一時間半前。ちょうど清掃作業が終わって事務所に戻った時のことだった。メールには細かいことは書いていなかったが、僕たちに話せる程度の情報は引き出せたと考えていいだろう。期待感を胸に、僕は薬学部の三階に上がった。

教員室に向かうと、そこには風間さんが待っていた。室内にいるのは彼だけだ。

「お疲れ様です。曽根さんはまだ到着していないんですか」

「いや、彼には七時半に来てくれと伝えた」と風間さん。「先に君と二人で話しておきたいことがある」

死香に関する話だ。「お願いします」と返事をして、風間さんと横並びでソファーに座る。

二人だけの時、風間さんは僕の隣に座ることが多い。対面形式よりその方が説明がしやすいから、という理由だそうだ。確かにノートパソコンやタブレット端末《たんまつ》を見ながら話す場合、隣同士の方がやりやすい。ただ、太ももが常に触れ合う距離なので緊張感《きんちょうかん》はある。一方、風間さんはそんなことは一切気にしていない。パーソナルスペースの基準が僕と全然違っているようだ。

「まず、封筒のポリ袋に付着していた液滴についての結果だ」

風間さんがノートパソコンを操作し、画面《がめん》に分析データを表示させる。アルファベットで表記されているのが物質名で、その横にある数字が含有量《がんゆう》だ。ただし、僕に分かるのは表の見方だけで、それ以上のことは見ただけでは理解できない。

「液体の主成分は水だった。それ以外に、硫黄《いおう》原子を含《ふく》むアルデヒド類がいくつか検出されている。これらは、先日採取した、蜂蜜の死香を構成している成分と一致《いっち》していた。ただし、微量成分の中には抜けているものもある。だから、以前とは微妙に異なる香りに感じられたのだろう」

　匂いの正体は分かった。しかし、なぜそんなものが郵送されてきたのか、という問題は手付かずのままだ。

「差出人に関する手掛かりは見つかりましたか」

「いや。ポリ袋からは指紋は検出されなかった。封筒も、郵便局員の指紋が付いていただけだ」

「死香の情報を入手できる人間は限られているように思うんですが」

「君の指摘《してき》は正しい。だが、考察はもう少しデータが集まってからにすべきだ。迂闊《うかつ》に動くと藪蛇《やぶへび》になりかねない」

「警察内部の人間の仕業という可能性はありますか？　警察関係者なら、僕たちの活動内容について詳細に知ることができるはずです」

「可能性はゼロではないな。我々の訪れた現場に関する情報は、曽根刑事が管理しているはずだ。彼に状況を伝えて調査してもらおう」

「あとは、目的ですよね。何のためにこんなことを……？」

「そちらもまだデータ不足だな。あるとすれば、挑発《ちょうはつ》か警告などの精神的な揺さぶりだろう。いずれにせよ、落ち着いて対処することが重要だと考える」

風間さんの表情は神妙だが、声に焦《あせ》りや苛立ちはない。その態度を見ていると「きっと大丈夫なんだ」と思えてくる。とにかく冷静に、普段通りに過ごすこと。それを心掛けるべきだ。……たとえこれが、月森の仕業だったとしても。

「では、次にドーナツの死香について検討しよう。自殺した男性の自宅で、君が新たに感知したものだ」

ノートパソコンを仕舞い、代わりに風間さんは試験管《しけんかん》立てをテーブルに置いた。そこに、アタッシェケースから取り出した試験管を並べていく。

「これは……」

「曽根刑事に集めてもらった死香のサンプルだ。このひと月以内に関東以外のエリアで発生した、三十代男性による首吊り自殺の現場の空気だ」

警察と協力し、風間さんは様々な死香サンプルを収集している。特に、月森の関与が疑われる三十代男性の自殺については、もれなく死香を嗅ぐようにしていた。これまでは関東エリアに限定していたが、いよいよそれを全国に拡大することにしたようだ。

各地の警察から届けられたサンプルは全部で四十六本あった。それを一本ずつ、端から順に嗅いでいく。

感じる匂いの種類は様々だ。野菜や果物《くだもの》などの素材系《そざいけい》もあれば、和食や洋食など調理済みの料理もある。スイーツ系も時々含まれていて、メニューが豊富なバイキングに来たような気分になる。

ただ、僕が嗅いでいる香りはすべて、亡くなった誰かが最後に遺《のこ》したものだ。彼らへの追悼《ついとう》の気持ちを忘れないように、大切に死香を嗅ぐように心掛ける。

そうして一時間ほどを掛けて、僕はすべてのサンプルの死香を嗅ぎ終えた。

「……どうだね」

黙って僕の作業を見守っていた風間さんが、優しい声で聞く。

「ドーナツの死香はありませんでした」と僕は大きく息をついた。

「そうか」と風間さんが顎《あご》に手を当てる。結果に納得《なっとく》がいっていないらしい。それは僕も同じだった。あのドーナツの死香はパンの死香と同じ系統だ。似たような亡くなり方――つまりは、薬物を飲んで首吊り自殺をした人の死香であると半ば確信していた。しかし、その読みは外れてしまった。

匂いの強度的に、ドーナツの死香はそれほど古くないはずだ。ひと月……いや、おそらく二週間以内に付着したものだろう。

そう仮定した時に考えられる可能性は二つ。異なる亡くなり方をしたにもかかわらず、偶然《ぐうぜん》似てしまったケース。もう一つは、サンプル収集の漏《も》れだ。警察の知らないところで処理された自殺遺体があったとか、自殺ではなく自然死だと判断されたとか、そういうケースだ。

「サンプルの収集範囲を広げますか？」

僕の提案《ていあん》に、風間さんは「そうだな」と頷いた。たぶん、僕と同じことを考えていたのだろう。「死因を限定せず、年齢と性別だけでフィルタリングを行ってみよう」

と、そこで教員室のドアがノックされた。時計《とけい》を見ると七時半だ。風間さんが立ち上がり、ドアを開く。「こんばんは」と曽根さんが部屋に入ってきた。

「ご足労いただき恐縮《きょうしゅく》です。そちらへどうぞ」

風間さんが曽根さんにソファーを勧める。

「いえいえ、耳寄りな情報があると聞けば、どこへでも参上しますよ」と笑って、曽根さんは僕たちの向かいに腰を下ろした。

「では、さっそく本題に。先日採取を行った、多摩の現場の臭気分析が完了しました。その結果、興味《きょうみ》深い事実が判明しました」

風間さんがそう言って印刷したデータを曽根さんに差し出す。

それを見た途端、「これは……」と曽根さんが表情を曇《くも》らせた。

「空気中から、複数種類の窒素《ちっそ》酸化物が検出されています。酸化される前の成分を推定し、そこに記載《きさい》してあります」

「ニトロセルロースにニトログリセリン……これは、いわゆるダブルベースの無煙《むえん》火薬の成分ですね。ジフェニルアミンは安定剤で、ニトログアニジンは焼食《しょうしょく》抑制剤でしょうかね」

曽根さんがデータを見ながら呟く。安定剤？　焼食抑制剤？　僕の頭の中にクエスチョンマークが浮かぶ。渡したデータには物質名しか書いていないのに、どうしてその用途が分かるのだろう？

「さすがは本職。詳しいですね」と風間さんが感心したように言う。

「昔、研修で習ったんですよ。今はもう、銃を携帯することはないので無用の知識ですが」曽根さんはそう言って、手にした紙に再び目を落とした。「この現場で発砲があったと見て間違いなさそうですね」

「データはそれを示しています」と答えて、風間さんが僕の方に向く。「曽根刑事が話していたのは、銃弾に使われる火薬や添加《てんか》剤のことだ。それが検出されたのだよ」

「……発砲、ですか。でも、武藤さんの体に銃弾の痕《あと》はなかったんですよね」

「そんなものがあれば、さすがに見落とすことはありません」と曽根さん。「見えるところには発砲の形跡はありませんでしたが、こういうデータが出た以上、もう一度室内をよく調べる必要がありそうです」

僕は死香のことで頭がいっぱいだったが、風間さんはそれ以外の成分についてもしっかり確認し、大量の分析データの中から発砲の可能性を見出《みいだ》した。さすがの洞察力《どうさつりょく》というしかないだろう。

「銃の存在が浮かび上がってきた以上、単なる自殺という可能性はほぼなくなりました。火薬の種類からして、使われたのはバレルの短い拳銃でしょう。猟銃ならまだしも、拳銃を入手することは極めて困難です。その出処《でどころ》を追うことで、事件に関わった人間が浮かび上がってくるはずです」

風間さんが淡々《たんたん》と語る。それを聞き、曽根さんは急に「実は、謝罪しなければならないことがあります」と頭を下げた。

「伺《うかが》いましょう」と応じる風間さんの声は落ち着いている。

「……『三十代男性の首吊り自殺』という条件に合致《がっち》する案件が一つ、お渡ししたサンプルから漏れていました。発生したのは三月一日の金曜日の深夜で、場所は神奈川《かながわ》県の相模原《さがみはら》市でした」

曽根さんが試験管を差し出す。その中には一センチ角の布切れが入っていた。男性が自殺した時に着ていた服の一部だという。

「どうしてそのような事態に？　いつもであれば、神奈川県で起きた事例も欠かさず報告していただいていたはずです。自殺ではないと判断されていたのでしょうか」

「そうではありません。……神奈川県警の判断で情報が伏《ふ》せられていたのです」と曽根さんが悔《くや》しそうに言う。「自殺したのは現役の警察官でした」

「身内の不幸だから、隠そうとしたと？」

「それだけではないんです。神奈川県警の警察官が銃を紛失したというニュースを耳にした記憶《きおく》はありませんか？　自殺したのは、その警察官なんです。紛失のことは報道されていますが、自殺の事実は表には出ていません。そういう事情があり、こちらに情報が回ってこなかったんです」

　思いがけない事実に、一瞬息が止まる。

「……繋《つな》がったかもしれません」

　そう呟き、風間さんは眼鏡《めがね》の位置を人差し指で直した。

　風間さんは「かもしれない」という表現にとどめていたが、死香というツールを使えば、真偽《しんぎ》が判断できるはずだ。

　風間さんに視線《しせん》を送ると、彼はすぐに反応してこちらを向いた。

「いただいたサンプルを、実験室の方に持っていきますね」

　その言葉だけで察したらしく、風間さんは「よろしく頼む」と頷いた。

　曽根さんが持ってきてくれた試験管を手に、教員室を出る。廊下にひと気《け》はない。僕はその場で試験管の蓋を開け、手であおいで匂いを嗅いだ。

「……やっぱり、そうだ」

濃密《のうみつ》に立ち上ってくるドーナツの死香。武藤さんが亡くなった現場で嗅いだ死香に間違いなかった。

拳銃を紛失した警察官と、武藤さん。二人の死に関わった人物がいる。独立した二件の自殺ではなく、二つの死には明確な繫がりがある。そう断定してもいいだろう。

緊張感が足元から這《は》い上がってくる気配に、僕は身震いした。

動揺を鎮《しず》めるために深呼吸してから、僕は二人の待つ教員室に戻った。

5

二日後、日曜日の午後三時。僕と風間さんは相模原市の緑《みどり》区にあるアパートにやってきた。四階建てで、築《ちく》二年ほどのまだ新しい建物だ。

拳銃を紛失した警察官は、このアパートの最上階、四〇三号室に住んでいた。名前は北浦剛輔《きたうらごうすけ》さん。職場は相模原市内の交番で、年齢は三十六歳。武藤さんと同い年だ。

彼は自分の部屋で首を吊って死んでいた。拳銃の紛失が発覚したのは、彼が亡くなる直前のことで、部屋にあった自筆の遺書には「銃を無くしたので、責任を取ります」といった主旨《しゅし》のことが書かれていたという。

　警察署では、拳銃の取り扱いは厳重に行われている。交番勤務の警察官は勤務前に所《しょ》属《ぞく》する警察署に立ち寄り、拳銃管理責任者の立ち会いのもと、自分に貸与《たいよ》されている拳銃と弾薬を受け取るルールになっているそうだ。同様に、勤務後に警察署に戻り、拳銃と弾薬を保管庫に返却したことを責任者に確認してもらう。本来であれば拳銃の紛失は発生しないはずだ。

　ところが、北浦さんの勤める警察署ではこの規則が形骸化《けいがいか》しており、管理責任者である警部補ではなく、各人が確認用のカードに自ら記入する形で拳銃の入出庫《にゅうしゅっこ》が行われていたそうだ。北浦さんはこの状況を悪用し、返却した振りをして銃の紛失をごまかしていた。

　ただ、今のところは彼がいつどこで拳銃を無くしたかは分かっていない。確実なのは、紛失した拳銃が未《いま》だに行方知れずだということだけだ。

「どうだね？」

　建物に入ったところで風間さんに訊かれた。

「しっかり匂いますね」と僕は答えた。ドーナツの死香は間違いなく感じられる。北浦さんの遺体を搬出する際に遺された死香だろう。

「そうか。では、何箇所かでサンプル採取を行うことにしよう」

「ちなみに、焦げたパンの死香はありません」

「Xはこちらを訪れたあとに、多摩の現場に現れたということか。時系列通りだな」と風間さんが呟く。Xというのは、二つの自殺現場に立ち寄ったと思われる人物のことだ。僕たちの間では便宜的《べんぎてき》にそう呼んでいる。

エレベーターで四階に上がる。部屋の前に曽根さんの姿があった。今日はマスクに加えて、ゴーグル型の眼鏡を装着している。花粉対策だろう。

「すみません、こんなところまで来ていただいて」と僕は彼に労《ねぎら》いの言葉を掛けた。

「いえいえ、お気になさらず。これが私の仕事ですから」曽根さんはそう言って、四〇三号室のドアに目を向けた。「鑑識《かんしき》作業は終わっています。自由に見て回っていただいて大丈夫です」

「何か見つかりましたか」

僕の質問に、曽根さんは「興味深いものが出ました」と頷いた。「ただし、こちらではありません。武藤さん宅のリビングのカーペットから、防弾チョッキに使われる繊維片が見つかりました」

「え、それって、防弾チョッキで銃弾を受けたってことですか」

「そう考えれば、室内に弾痕《だんこん》がないことの説明になります」

「でも、何のためにそんなことを……」

「銃が本物だと知らしめるためだろう」と風間さん。「銃を突き付けられても、モデルガンだと思うのが普通の反応だ。アメリカではなくここは日本だからな」

「つまり、疑われると分かっていたから、防弾チョッキをわざわざ持ってきたと……」

「用意周到ですな」と曽根さんが眉間《みけん》にしわを寄せる。

「立ち話はこの辺にしておきましょう」と風間さんが白衣のポケットから白手袋を取り出す。「花粉も飛び交っています。情報共有が必要なら、後ほど車内で話しましょう」

「お気遣《きづか》いありがとうございます。では、私はこれで」

曽根さんが一礼して去っていく。しばらくして、大きなくしゃみが聞こえてきた。完全防備でも花粉を防ぎきることは難しいようだ。

「では、いつものようにやろう」

風間さんに促《うなが》され、僕は先に部屋に入った。

外よりも何十倍も死香は濃い。亡くなってから二週間以上経《た》っているが、死香はまだ鮮明だ。北浦さんは寝室で亡くなっていたという。それを聞かされていなくても、場所の特定は容易《ようい》だっただろう。

寝室の様子を確認する。室内はがらんとしていた。すでに北浦さんの私物は撤去《てっきょ》されているが、退去時に行う室内クリーニング作業は行われていないそうだ。警察が管理会社に現状維持《いじ》を指示したらしい。万が一のことを考えての対応だろう。

北浦さんはカーテンレールにくくりつけた紐で首を吊って亡くなっていた。武藤さんの時と同じだ。使われたのは、新聞や段ボールを縛るのに使う、一般的なポリプロピレン製の紐だった。束《たば》ねて太くすることで強度を確保していたようだ。

ドーナツの死香は窓際が濃いが、それ以外の場所にも付着している。鑑識の人があちこち調べ回った時に拡散したのだろう。

寝室以外の場所も匂いを確かめたが、匂わない場所がないくらいに死香が撒《ま》き散らされてしまっている。徹底的な鑑識作業が行われたようだ。僕にとっては厳しい状況だ。死香からは、Xがこの場にいたのかどうかを判別することはできそうにない。

僕は廊下に出て、大きく息をついた。

できれば早い段階でここに来たかったが、あれこれ言ってもしようがない。気を取り直し、今回の事件の状況を整理してみる。

Xは最初に北浦さんに接触した。そして、隙を見て彼から拳銃を奪った。そう仮定してみることにする。

亡くなった北浦さんの血中からは、抗不安薬が検出されたという。北浦さんに通院歴はなく、薬剤を処方された形跡はなかった。ただ、(かなりグレーな)個人輸入によって、医師の処方箋《しょほうせん》なしに入手が可能らしい。

仮にそういう方法を使って痕跡を残さずに薬を手に入れたとしても、タイミングの問題がある。北浦さんが拳銃を紛失したのは、彼が亡くなった当日——三月一日だと推定されている（前日は保管庫にあったことが確認されている）。

拳銃をうっかり無くし、それを悔やんで自殺する——その流れだと、抗不安薬を手に入れるだけの時間的猶予《ゆうよ》はない。状況と矛盾《むじゅん》するのだ。

となると、前々から薬物を服用していたということになる。ところが、周囲の人の話では、北浦さんが何かに悩んだり、精神的な不調に苦しんでいたり、といった形跡はなかったという。わざわざ輸入してまで薬物を手に入れていたというのは考えにくそうだ。それよりはXが持ち込んで飲ませたとする方が無理がない。

第三者の関与を匂わせる証拠として、北浦さんのスマートフォンが行方不明になっていることが挙げられる。他に無くなっているものはないのに、である。自殺する前にわざわざスマートフォンを捨てるだろうか？　遺族にデータを漁《あさ》られたくない人もいるから絶対ないとは言わないが、違和感は強い。これもXの仕業と考える方が自然だろう。なお、もう一人の自殺者である武藤さんのスマートフォンも所在が分からなくなっている。こちらもXが持ち去ったのではないだろうか。

なぜスマートフォンを盗《ぬす》む必要があったのか。それはもちろん、データを見られるとまずいと思ったからだ。おそらく、Xは以前から二人と連絡を取っていたのだ。今後、警察による通話記録の確認が進めばはっきりするだろう。

二つの死に関する推理をまとめてみよう。

Xは北浦さんをそそのかし、拳銃を持ち出させた。それを奪い取ったあと、北浦さんを脅して遺書を書かせた。そして彼に抗不安薬を飲ませ、朦朧《もうろう》とした状態にさせてから首を吊らせた。この時にXの体には濃密なドーナツの死香が付着する。その数日後、Xは武藤さんのもとを訪ね、防弾チョッキを着せて撃つという方法で拳銃が本物だと信じさせた上で、北浦さんと同じように遺書を書かせ、抗不安薬を飲ませて自殺に追い込んだ。

証拠はまだまだ不充分《ふじゅうぶん》だが、これが一番ありそうなストーリーのように思える。

「――ずいぶん熱心に考え込んでいるな」

声を掛けられ、僕は顔を上げた。注射器を手にした風間さんと目が合う。

「あ、すみません。作業の邪魔《じゃま》ですよね」

「サンプル採取なら今しがた完了したところだ。それより、君が考えたことを聞かせてもらいたい。今回の事件のことか」

「そうです。つい、あれこれ考えてしまって。悪い癖《くせ》ですね」と僕は苦笑し、事件に関する仮説を風間さんに説明した。

「君の説が正しいとすれば、Xはまだ拳銃を持っている可能性が高いな」

「……そうですね。そもそも、事件がこれで終わりだと決まったわけじゃないですし」

自分で言って、ハッとする。そうだ。これが連続殺人事件だとすれば、三件目が起きる可能性は充分に考えられる。

「よくない表情だ」

「え？」

「今の君の表情は、自分に責任を感じている時のものだ」

「それは……」と僕は頰《ほお》に手を当てた。そんなに気難しい顔をしていたのだろうか。

「図星《ずぼし》のようだな。いいかね。この件に関しては、我々は何ひとつミスをしていない。誇《ほこ》るべきだ。後悔するようなことは一切ないのだ。むしろ、秘められた事実を見つけ出したことを誇るべきだ。死香という情報がなければ、二件の自殺の関連性に気づくのにもっと時間が必要だっただろう。あるいは見過ごされていたかもしれない。君は充分すぎるほどに捜査に貢献《こうけん》している」

「風間さん……」

　銃が使われたことを発見したのは、僕ではなく風間さんだ。客観的に見て、僕の貢献はそこまで大きくない。それでも、風間さんが僕を元気づけようとしてくれている、そのこと自体が単純に嬉《うれ》しかった。

「Xを早く見つけたいという気持ちは分かる。しかし、それはあまりに危険な行為だ。Xの捜索は警察の仕事だ。死香の出番はない」

はい、と僕は頷いた。死香は万能のツールではない。焦げたパンとドーナツ、二つの死香をどう駆使しても、どこにいるか分からない相手を見つけ出すのは困難だ。途方もない労力が必要になる。

「……帰りましょうか」

「そうだな。我々には対処しなければならない問題がある」

風間さんに言われて、僕はそのことを思い出した。自宅に届いた謎《なぞ》の郵便物……その差出人も、送りつけてきた意図も分からないままだ。

死香の持つ力を使って、相手を特定できないだろうか。風間さんが曽根さんに連絡を取る間、僕はそのことを考え続けた。

6

二日後、火曜日の午後三時過ぎ。清掃作業を終えてまごころクリーニングサービスの事務所に戻ってみると、「おい、ちょっといいか」と樹さんが近寄ってきた。ずいぶん表情が険しい。

「どうしたんですか？　もしかして、作業でミスが……」

「いや、そういうんじゃねえよ。いいから来てくれ」

仕事中なのだが、樹さんの剣幕《けんまく》に押され、僕は彼と共に事務室を出た。

樹さんは無言で廊下を進み、角を曲がった突き当たりで足を止めた。

「今日、昼休みに外で飯《めし》を食った帰りに、中年の男に呼び止められた。高そうなスーツを着たオッサンだ。口調や物腰は穏やかだったが、目つきは鋭《するど》かったな。まるで腕利きのデカみたいだった。タカハシって名乗ってたけど、本当の名前かどうかは分かんねえ。念のために訊くが、知り合いじゃないよな？」

「……心当たりはないです」

「だよな。たぶんだけど、あのオッサンは興信所《こうしんじょ》の人間だ。潤平のことをあれこれ訊かれたよ。出身地に学歴、普段の仕事ぶりや交友関係……とにかく、集められる情報なら何でも集めたい、って雰囲気だった。よほど潤平のことを知りたいやつがいるらしい」

「僕のことを、ですか……」

「ひょっとして、金持ちの家の娘とでも付き合ってるのか？　少し話をしただけで一万円を出してきたぞ」

「いえいえ、そんな事実はありません」

一瞬、風間さんの顔が頭に浮かんだが、僕は首を振るついでにそれを追い払った。

「違うのか。じゃあ、なんだろうな。どこかの大企業の正社員になる予定があるとか」

「それもないですよ」

「なんだよ、訳が分かんねえな」と樹さんが頭を掻く。「とにかく、質問に対してはほぼ全部『知らない』で通しておいたから、そこは安心してくれ。ついでに金も突っ返した。まあ、俺以外にも話し掛けられたやつはいそうだけどな」

樹さんの予想は当たっている気がした。まごころクリーニングサービスの同僚の中では樹さんと一番親しくしているが、僕のことを知っている人はいくらでもいる。中には、深く考えずに僕の情報を漏らした人もいただろう。タカハシ（あるいは彼を雇った人物）の目的はある程度果たされたと思われる。

じわり、と不安の色が濃くなった気がした。僕のことを調べている人間は、蜂蜜の死香成分入りの封筒を送ってきた人物と同じなのだろうか。

関係ないと考える方がむしろ不自然だ、というのが僕の印象だった。奇妙なことが立て続けに起こっているのだ。同じ目的のもとに行われているに違いない。

何のために、という疑問は解決されていない。ただ、仮説はある。精神的な揺さぶりをかけて、死香を感知する能力を失わせる――それが相手の狙いなのではないかという気がするのだ。

昨年末に起きた出来事が思い出される。十二月に、薬物入りのスプレーを噴霧《ふんむ》されるという事件があった。そうだ。あの時も確か、興信所の人間が僕のことを調べていた。それを依頼《いらい》したのは「アキカワ・ミナミ」と名乗る女性で、彼女は月森と手を組んで動いていたらしいことがのちに判明している。

その事件を経て、僕は風間さんと共に暮らし始めた。物理的な攻撃が仕掛けにくくなったので、今度は精神的な攻撃を――というのは、自然に出てくる発想だろう。

とにかく、このことは一刻も早く風間さんに報告すべきだ。調査員の素性が分かれば、そこから逆に裏にいる人間を炙《あぶ》り出せる可能性もある。

僕は樹さんに報告のお礼を言い、風間さんに連絡を取るためにその場を離れた。


夕方。僕はその日の特殊清掃の仕事を終え、事務所をあとにした。

周囲を警戒しつつ通りに出ると、黒のレクサスがいつものように音もなく停車した。事務所を出る前にメールで連絡しているとはいえ、車が来るのを待ったことは一度もない。現れるタイミングがいつも完璧だ。

運転席には、年齢不詳の無口ないつもの男性が座っている。「お願いします」と声を掛けると、車はゆっくりと走り出した。

車中ではなるべくリラックスして過ごすようにしている。事件のことを考えたくなるが、そこを我慢《がまん》して音楽を聴く。

携帯音楽プレイヤーに入っているのは、風間さんが選曲したリラクゼーション用のクラシック音楽だ。バッハとかモーツァルトとかドビュッシーとか、音楽系の素養がない僕でも知っている、有名な作曲家の曲が集められている。

さすがに古くから愛されてきただけあって、聴いていると穏やかな気持ちになれる。余計なことを考えずに、ただ音楽に没頭できそうだ。

そうして豊かなメロディーに身を委《ゆだ》ねているうち、僕はいつしか眠りに落ちていた。眠っていたのは三十分ほどのことだった。ふと目を覚まし、イヤホンを外したところで、「あれ?」と思った。景色に見覚えがなかったからだ。

「――申し訳ございません」

前方から聞こえた声に、僕はぎょっとした。幻聴《げんちょう》かと思ったがそうではなかった。声を発したのは運転手さんらしい。彼の声を聞いたのはこれが初めてだ。雑踏の中でもよく通りそうな、低くて渋い声だった。

「ど、どうしたんですか?」

「指定のルートを外れて走行しています。尾行を撒くためです」

僕は反射的に背後に目を向けた。しかし、リアガラスには視線を遮《さえぎ》るためのスモークが貼《は》られているので後方の様子は窺《うかが》えない。

「すでに尾行の車は振り切りました。まもなくご自宅に到着いたします」

運転手さんはそう告げると、それきり口を閉ざしてしまう。僕が目を覚ましてから十分後。レクサスは地下駐車場の所定の場所に停車した。

車を降り、運転手さんと共に部屋に向かう。ここなら安全だと頭では分かっていても、どうにも周囲が気になってしまう。

ビクビクしながら自宅に戻り、僕は大きく息をついた。

身辺調査の次は尾行だ。相手は僕に対する監視を強めている。精神的な揺さぶりが目的だとしたら、それはある程度成功していると言わざるを得ない。

なんだか疲れてしまった。僕は自分の部屋に入ると、着替えを済ませてベッドに横になった。

車中で中途半端に寝たせいで、頭がぼんやりしている。僕は込み上げてきた眠気に身を任せ、夢の世界に沈んでいった。


ノックの音で僕は目を覚ました。スマートフォンで確認すると、午後六時になったところだった。

ベッドから降り、ざっと寝癖《ねぐせ》を整える。そこで再び、部屋のドアがノックされる。力強さのある音――風間さんだ。ホッとしつつ、僕はドアを開けた。

風間さんは僕の顔を見るなり、「尾行の件は報告を受けている」と言った。運転手さんが風間さんに連絡したのだろう。

「相手のことは分からないんですか」

「追ってきていたのはタクシーだった。ナンバープレートの番号や車種から、運転手は特定した。『前の車を追え』と乗客が指示を出したそうだ。乗ってきたのは中年の男だったと証言《しょうげん》している。そこから先のことは調査中だ」

「そうですか……」

「不安に思う気持ちは分かる。だが、大切なのは深く考えすぎないことだ。君のことを調べていた人間の素性についても、迅速《じんそく》に特定を進める。君が不安を感じる必要はない。油断は禁物だが、なるべく普段通りに過ごすことを心掛けてほしい」

「分かりました。気にしないことにします」

「考えない」というのは難しいが、僕には風間さんという心強い味方がいる。そのことを常に頭に置いておけば、不安が深いところまで忍《しの》び込んでくることはない。大切なのは風間さんを——死香に対する彼の熱意を信じることだ。

と、その時、リビングの方からインターホンの音が聞こえた。風間さんがそちらに向かい、一分もしないうちに戻ってきた。

「コンシェルジュからの連絡だった。荷物が届いたそうだ。取ってくる」

「あ、はい。じゃあ、ご飯の用意をして待ってますね」

風間さんと別れ、リビングダイニングに入った。用意をすると言っても調理は風間さんの担当なので、大したことはない。キッチンの流しで手を洗い、皿やグラスをテーブルに並べていく。

今日のメニューはなんだろう。風間さんは僕に合わせてメニューを考えてくれる。今日の朝食の時に、「いいラムを買った」と言っていたので、それを焼くつもりだろうか。ワインによく合いそうだが、状況が状況だけに飲酒はためらわれる。

と、そこで僕は肝心《かんじん》なことに思い至った。そもそも、赤ワインはまだ飲めるだろうか。

例の嗅覚消失事件の際に、犯人は僕の家に赤ワインの死香が付着した布切れを送りつけてきた。その後、犯人の足取りを追う際に、僕は繰り返し赤ワインの死香を嗅いでいる。短期間に同じ死香を何度も嗅ぐと、該当《がいとう》する食材の匂いが悪臭になる……その法則からすると、赤ワインがアウトになっている可能性は高そうだ。

ワインを日常的に飲むわけではないし、強いこだわりがあるわけでもない。それでも食べ物の選択肢が減ることはやっぱり悲しい。

小さくため息をついたところで、風間さんが戻ってくる音がした。

リビングに入ってきた彼は、小包《こづつみ》を手にしていた。一辺が二五センチほどのサイズだ。

「誰からですか？」

「送り主は、『日本分析科学協会』となっている。協会誌を送ってきたようだ」

風間さんが荷物を抱えたまま歩み寄ってくる。

——これは……！

匂いを感じ取ると同時に、「違います！」と僕は叫んでいた。

「……どうした？」

「その箱から、焦げたパンの死香が感じられます」

「なんだと？」と風間さんが眉根《まゆね》を寄せる。「……またか」

蜂蜜の死香の次は、焦げたパンの死香——どちらも、僕たちが最近サンプル採取を行った死香だ。

「どういうことなんでしょう……」

「詮索《せんさく》はあとだ。この場で開けることは危険だな。風間計器に持って行って、X線分析装置で中身を確認しよう」

「……そうですね。でも、どうしてわざわざ死香を付着させたんでしょう」

たとえば爆発物《ばくはつぶつ》で僕たちに危害を加えようとするのなら、匂いをまとわせる必要性はまったくない。こちらに警戒心を抱かせる確率が上がるだけだ。

以前にも、死香が付着した小包が届いたことがある。送り主は月森で、目的は風間さんが死香のことを知っているかどうかを確かめるためだった。

また、別の時に届いた死香付きの封筒には、GPS発信機が入れられていた。死香を感じた僕がどう動くかを調べるためので、こちらも送り主は月森だと思われる。

これまでの経験からすると、送り主は僕たちを直接攻撃するためではなく、情報を得るために荷物を送ってきている。今回もそうである可能性は高いだろう。ただ、そこまでは推測できても、何を知りたがっているかまでは分からない。

「誰が訪ねてきても絶対に対応しないように」

風間さんは幼い子供に留守番を頼む時のような忠告をして、一人で出掛けていった。

室内には静寂と、微かなパンの死香が残された。

さっきまで感じていた食欲はすっかり失せていた。一人で食事をとる気にはなれず、僕はリビングのソファーに転がった。

別に見たくもないニュース番組を見ながら待っていると、午後七時過ぎに風間さんから電話があった。

「荷物の中身が確認できた。入っていたのは液滴の入ったポリ袋とスマートフォンだった。ポリ袋の方に、パンの死香の成分が入っているのだろう。スマートフォンの方はインターネットに接続されており、常時録画状態になっていた。撮影《さつえい》した画像や動画をどこかに自動送信するようにセットされている」

「画像……ですか。僕たちの家の中を撮影したかったんでしょうか」

「あるいは、君の姿を捉《とら》えようとしていたのかもしれない」と風間さんは怒りの気配が滲《にじ》む、低い声で言った。

「わざわざそのために、こんな手間の掛かることを？　僕の写真ならいくらでも撮れそうなものですけど」

送り迎えをしてもらっているが、特殊清掃の仕事で外に出ることはある。いくらでもシャッターチャンスはあるだろう。

「君が私の部屋にいる、という決定的な証拠がほしかったのだろう。それにどういう意味があるのかは分からないが」

「あと、死香はどうやって手に入れたんでしょう。……荷物を送ってきたのはXなんでしょうか」

焦げたパンの死香は、武藤さんの部屋に入るか、遺品を入手するか、あるいは遺体に近づかない限り手に入れることはできない。Xは当然、その条件を満たしている。

「そう断言《だんげん》するのはまだ早い。前に届いた封筒の死香の説明がつかない」

「あ、そっか。確かに……」

蜂蜜の死香は、心不全で亡くなった女性のものだ。そして、その香りは武藤さんや北浦さんが亡くなった部屋には存在していなかった。二件の自殺とは無関係なのだ。

と、そこで僕は風間さんが黙り込んでいることに気づいた。微かな息遣いだけが聞こえてくる。深く集中して何かを考えているようだ。

「風間さん。いったん切りましょうか」

「……ああ。すまない。そうしよう。届いた荷物を詳細に分析したい。そこから見えてくるものもあるはずだ」

「分かりました。あまり無理はしないでくださいね。ここのところ、ずっと分析作業に集中しているじゃないですか」

「確かに作業量は増えている。忙しいことは認めるが、今やらねばならないことだ。多少の無理はやむを得ない。せっかくの心遣いだが、了解はできない」

「そうですか……。じゃあ、こうしましょう」と僕は明るく言った。「今回のことが片付いたら、日光《にっこう》に行きませんか。風間さんとまた、あの露天風呂《ろてんぶろ》に浸《つ》かりたいです」

残念ながら、僕は今年の研究室旅行は参加できなかった。風間さんの許可が下りなかったのだ。身の危険がある状態での遠出は危険だ、というのがその理由だった。

まっとうな判断だとは思う。集団行動の中で僕だけに護衛を付けるわけにはいかない。学生さんの大切な旅の思い出に違和感を残すことになってしまう。

でも、風間さんと二人で動く分には問題ないはずだ。それに、明確な目標があった方が前向きな気分になれる。

「あの秘湯《ひとう》か……実に魅力《みりょくてき》的な提案だ」

風間さんの声で、彼が微笑《ほほえ》んだのが分かった。

「元気が出ましたか？」

「ああ。疲れが吹き飛んだ。どうもありがとう」

「それは何よりです。じゃ、また」

電話を切り、僕はスマートフォンをそっと傍《かたわ》らに置いた。

「……さて、僕はどうするかな」

足を組み、天井《てんじょう》を見上げながら僕はこれからすべきことを考え始めた。

7

僕が出した結論は、意識を注ぐ対象を絞《しぼ》り込む、というものだった。

二件の自殺と、それに関わっているX。

僕と風間さんのところに届いた、死香付きの二つの荷物。

僕を調べ回ったり、尾行したりしている何者かの存在。

月森の行方と、現在の動向。

いま僕が気になっている事柄《ことがら》は、大きく分けるとこの四つに分類される。その中から、僕はXの捜索を優先しようと決めた。

僕や風間さんの身の回りで起こっていることは、警戒すれば被害を防げる確率が高い。月森のことは手掛かりが少なすぎて具体的な対応が取りづらい。言ってしまえば、そこまで緊急性は高くない。

しかし、Xは別だ。二人の人間を自死に追い込んだその人物は、未だに拳銃を持っている。早く身柄を確保しなければ、また新たな死者が出る危険性がある。だから、優先度は高くなる。そういう理屈だ。

この絞り込みで、精神的にはずいぶん楽になった。少なくとも、ストレスで死香が分からなくなる、なんて事態は回避できるはずだ。

では、X捜索のために何ができるか。これは考えるまでもなかった。僕にしかできないことをする――そう。死香を探すのだ。

とはいっても、闇雲《やみくも》にあちこちを探し回るのは効率が悪すぎるし、成果も期待できない。そこで僕は方針《ほうしん》を立てるべく、これまでに分かっていることを曽根さんから詳細に教えてもらった。

その中で、僕はある情報に着目した。武藤さんの自宅のリビングに敷かれていたカーペットから、日本酒の成分が検出されていたのだ。

ちなみにその香気《こうき》成分の分析を請《う》け負《お》ったのは風間さんだった。そのことを聞かされていなかったので、曽根さんから教えてもらって驚《おどろ》いた。死香の分析や自宅に届いた荷物の分析と並行して、そんな仕事までこなしていたらしい。そりゃ家に帰ってくる余裕《よゆう》はないよな、と納得させられた。

それはさておき、日本酒の件である。風間さんの分析により、カーペットにこぼれた日本酒は、福島県で作られている『天雫天露《てんだてんろ》』という純米大吟醸《じゅんまいだいぎんじょう》であることが判明した。天雫天露は流通本数が非常に少ないレアな日本酒で、通販はなく、基本的には契約した飲食店にのみ卸《おろ》される商品だった。都内では大手百貨店の限られた売り場でのみ購入可能だという。

亡くなった武藤さんの血中からはアルコールが検出されており、自殺する数時間前までに飲酒していたことが分かっている。また、リビングにはビールの空き缶が放置されており、飲み口から武藤さんの唾液《だえき》が検出されていた。

ところが、彼の自宅には天雫天露の瓶《びん》がなかったのである。これは不自然な状況だ。武藤さん宅を訪ねたＸが、手土産《てみやげ》として天雫天露を持ってきたのでは――警察はそう推測しており、それはどうやら正しそうだ、と僕も感じた。

ということで、僕は天雫天露が購入可能な店を巡《めぐ》ることにした。もしＸがそこを訪ねていたなら、北浦さんの死香であるドーナツの匂いが感じられるかもしれないからだ。

これはもう、運がよかったというしかないだろう。

何と、僕は訪問した最初の店でドーナツの死香を感じることができたのである。そこが地下一階の奥まった場所にある売り場で、しかもＸと思《おぼ》しき人物が購入する酒を選ぶために店に長居していたことも味方したのだと思う。

店員さんの話によると、購入したのは三十代の男性で、身長は一六〇センチ前後、眼鏡を掛けていて、両方の頰に目立つニキビ痕があったそうだ。

警察もこの売り場には聞き込みに来ていたが、この男性が有力な容疑者だとは考えていないようだった。それは仕方のないことだろう。彼らは死香という武器を使えないので、天雫天露の購入者を一人ずつ調べていかねばならないからだ。

ニキビの男性の捜索に力を入れてください——と警察に助言したいのだが、死香のことを話せないため、聞き入れてもらうのは難しいと思われる。

風間さんのコネをフル活用して捜査方針に口出しすることも、たぶん不可能ではない。ただ、それは真っ当な手段ではないし、風間さんが嫌われてしまう危険性もある。できれば使いたくない手だった。

そこで僕は、僕自身のコネを利用することにした。

警察には死香のことは話していないのだが、実はたった一人だけ、僕の体質のことを知っている人がいる。捜査一課の矢賀《やが》という刑事だ。以前に関わった連続殺人事件で、サンプル採取に協力してもらうために矢賀さんに死香のことを打ち明けたのだ。

矢賀さんは今回の事件の捜査には加わっていなかったが、とりあえず連絡を取ってみた。

「いきなり何を言い出すかと思えば……」

僕の説明を聞き、電話口で矢賀さんは困惑《こんわく》したような声を出した。

「すみません、急なお願いで。でも、うまくいけば捜査が一気に進展するはずです」

「まあ、そりゃそうかもしれないが……。その売り場の監視カメラの映像は入手できそうか？」

「データは残っているみたいです。でも、急がないと自動的に上書きされます」

「分かった。じゃ、情報屋からタレコミがあったって体《てい》で担当者に伝えておく」

「それで大丈夫ですか？」

「まあ、どこどこの誰から情報をもらいました、なんてことはいちいち説明しないからな。なんとかなるだろ」

矢賀さんはそう言って電話を切った。本当に大丈夫かな、とちょっと不安だったのだが、彼と話した三日後に曽根さんから「有力な容疑者が浮かび上がってきました」という連絡が入った。

僕が伝えたニキビの男性の顔写真を使って聞き込みを行ったところ、「武藤さんの自宅近くでよく似た人物を見た」という証言が得られたのだという。

故人との交友関係の有無を確かめるべく、警察は武藤さんの知人や家族に同じ写真を見せた。すると、「中学校のクラスメイトに似ている気がする」という証言が飛び出してきた。

問題の人物は、円行寺正輝《えんぎょうじまさき》という名前で、中学二年生の秋に、武藤さんが通っていた茨城《いばらき》県内の中学校に転入してきたそうだ。少し変わった苗字《みょうじ》だったので印象に残っていたようだ。

さらに調べを進めたところ、非常に興味深い事実が分かった。円行寺は、転校する前に通っていた埼玉《さいたま》県内の中学校で、北浦さんと同じクラスだったというのだ。

しかも、北浦さんも武藤さんも、昨年の夏にそれぞれの地元で行われた同窓会に参加しており、そのどちらにも円行寺の姿があったという。

自殺した二人との繋がりが認められたことで、円行寺は一気に最重要容疑者となった。

円行寺はフリーターで、今年の二月末まで都内のアパートで一人暮らしをしていたが、突然アルバイトを辞めて引っ越していた。転居先は不明で、警察は全力を挙げて彼の行方を追っているとのことだった。

これでXの捜索については、僕の出番はもうないと判断した。もちろん、早く見つけないと銃による被害が出る可能性はあるが、それを言い出すとキリがない。あとは警察の人たちの頑張りに期待するべきだ。

次に考えなければならないのは、死香のついた送付物の問題だった。

それについて風間さんと話そうと思っていた矢先の、三月二十七日。事務のアルバイトのために大学に顔を出してみると、教員室に風間さんの姿があった。

「おはようございます。今日は風間計器の方じゃないんですね」

ここ何日か、風間さんは風間計器の近くのホテルに泊まり込んで分析作業を続けていた。電話での連絡は取っていたが、顔を見るのは久しぶりだ。

「日中はなるべくこちらに顔を出すことにしている」と風間さん。「卒業する学生が挨拶に来るからな」

「ああ、なるほど……」

「すまないな、君を一人にさせてしまっている」

「いえ、気にしないでください。それで、どうですか。進捗《しんちょく》の方は」

風間さんに余計なプレッシャーを掛けないように、あえて軽い調子で尋《たず》ねる。

「難航《なんこう》している」と風間さんは眉根を寄せた。「うちに届いたスマートフォンを分析しているが、持ち主に関する情報はまだ得られていない」

「死香の方はどうですか？」

「……そちらも、あまり成果は上がっていない。焦げたパンの死香も蜂蜜の死香と同じく、現場の気体とは成分構成が微妙に異なる。独自に再現したものと思われるが、それでもオリジナルの死香の成分データがなければ、似た匂いを作ることは不可能だ」

「となると、やっぱり警察からの情報漏洩《ろうえい》でしょうか……」

「前に君が気にしていた説だな。しかし、曽根刑事に調べてもらった限りでは、そういった形跡はなかった。それに、仮に現場の空気を入手したとしても、死香を再現できるとは思えない。空気中には芳香剤や洗剤、シャンプーや石鹸《せっけん》、整髪料などの香料に加え、その部屋で暮らしている人間の汗や皮脂《ひし》の成分なども含まれている。それらの中から死香を構成するものを見つけ出すのは極めて困難だ」

「うーん」と僕は首をかしげた。「そんなこと、他の人にできるでしょうか。身内びいきをするわけじゃないですけど、少なくとも死香に関しては風間さんに並ぶ研究者はいないと思うんですが……」

　率直な気持ちを口にした瞬間、風間さんの表情がこわばった。

「……私と、並ぶ……」

　そう呟くと、風間さんは顎に手の甲《こう》を当てて黙り込んだ。今のやり取りの中で、思考の手掛かりを摑んだらしい。

　こうなれば、あとは邪魔をしないよう心掛けるだけだ。沈黙する風間さんを背に、僕は普段通りの事務作業を続けた。

「――そういうことか」

　風間さんが再び口を開いたのは、十五分後のことだった。僕は立ち上がり、彼のもとへと駆け寄った。

「何を思いついたんですか」

「封筒や荷物を送ってきた人間。それから、君のことを調べさせていた人間。両者はおそらくイコールで結ばれる。そして、その人間は二件の自殺とは無関係だ。我々がXと呼んでいた人物とは別だ」と、風間さんは確信めいた口調で言った。

「え、そうなんですか」

「申し訳ない。ここまで長引かせてしまったのは私の落ち度だ。もっと早く気づくこともできたはずなのに、君に要らぬ心配を掛けてしまった」

「いえ、そんな……」

「元来の脅威《きょうい》は未だ健在だ。ゆえに送り迎えはこれまで通り続けるが、警戒レベルを上げる必要はないと判断した。だから、この件はいったん忘れてくれないか。対応は私がする。真相が明らかになれば、包み隠さず君に説明しよう」

何に気づいたのか気にならないと言えば嘘になる。それでも僕は風間さんの指示に従うと決めた。風間さんは決して気休めや適当なことを口にすることはない。彼が「大丈夫」だと言うなら、安心していいのだろう。

と、そこでドアをノックする音が聞こえた。駆け寄って開くと、スーツ姿の男子学生がいた。彼はこの三月末で大学を卒業し、就職《しゅうしょく》する。遠方での就職のため、今日東京を離れるのだという。

席を外した方がよさそうだ。僕は教員室を抜け出した。

廊下に出て、窓の外を眺《なが》める。いつの間にか、キャンパスの桜《さくら》がほぼ満開を迎えている。車で送り迎えをしてもらっているとはいえ、今の今までそれに気づかなかったことに驚いてしまう。落ち着いて車外の景色に目を向ける余裕もなかった、という証拠だ。

とりあえず、僕が抱えていた問題の多くは解決に向かっているようだ。

ただ、未だに手付かずのままの問題もある。

月森のことだ。

さっき風間さんは、「元来の脅威は健在」と言っていた。今回の事件には関わっていないようだが、あの男の動向は依然として摑めていない。風間さんに守られる日々がこれからも続くのだろう。

僕は窓枠に両手を載《の》せ、大きく息をついた。

「今年は花見は無理かな……」

風間さんとの生活に不満はない。分不相応な、いいところに住まわせてもらっていることには感謝している。それでも、僕はかつて自分が手にしていた自由を懐《なつ》かしく思わずにはいられなかった。

8

「……どうも、ありがとうございました」

以前から世話になっている男性カウンセラーとの電話相談を終え、俺はベンチの背もたれに体を預けた。

頭上では、大きく枝を伸《の》ばした桜が、泣きたくなるくらい可憐《かれん》に咲き誇っていた。

時刻は午前十時過ぎ。公園には、犬の散歩中の男性や会話を楽しむカップル、仕事をサボって休んでいるスーツ姿の男性などがいる。名前もよく知らない公園だが、野球の公式戦が行えるくらい広く、緑も豊かだ。近隣《きんりん》住民にとっては馴染《なじ》みの憩《いこ》いの場なのだろう。

ここ何日か、気づくとホテルの部屋を出てこの公園に来ている。特に何をするというわけではない。木陰《こかげ》のベンチに座り、ただ景色を見て無為《むい》に時間を過ごすだけだ。

考えなければならないことは山ほどある。職も家もないこの状態から、どうやって生活を安定させるのか。いつまで逃亡生活を続けるのか。隠し持っている銃の処分をどうするのか……。どれも、すぐにでも答えを出したい問いばかりだ。

それが分かっていても、真剣《しんけん》に考えようという気力が湧いてこない。長年の目標が達成され、それであらゆることへの意欲が消え失せてしまったらしい。

「いっそのこと、終わらせるって手もあるよな……」

俺は周囲の人間には聞こえない小さな声で呟いた。ホテルの部屋のセーフティボックスには、銃弾が装填《そうてん》されたままの拳銃を入れてある。それを手に取り、銃口をくわえて引き金を引けば、それですべての悩みから解消される。

一方で、そんな終わり方でいいのか、という思いもある。苦しめられ続けた過去の記憶を葬《ほうむ》り去《さ》り、まったく新しい気持ちで人生をリスタートする。俺にはその選択肢もあるはずだ。

計画は完遂《かんすい》したが、それで幸福を手にしたわけではない。大幅なマイナスの位置から、ようやくスタートラインに戻ってきただけだ。ここからの生き方次第で、今まで想像もしなかったような幸せに手が届く可能性だってある。それを諦《あきら》めてしまったら、何のために苦労したのか分からなくなってしまう。

カウンセラーの先生も、「まずは生きることを考えましょう」と言っていた。彼には過去のトラウマを含め、包み隠さずに何もかも相談してきた。その彼が、「生きてくれ」と言っているのだ。それを裏切りたくないと思う。

どうやら、今日も結論は出せそうにない。俺は大きく伸びをして、穏やかな春の風にもうしばらく身を任せることにした。

目を閉じて静かに呼吸をしていると、そのうち眠気がやってきた。最近は夜中にあれこれ考え事をしてしまい、寝不足状態が続いていた。俺は抗《あらが》うことなく、そのまま浅い眠りの世界に飛び込んだ。

体感で十分ほどが経った時だった。俺は人の気配を感じて目を開けた。

そこに、スーツを着た二人の男が立っていた。どちらもがっしりした体格をしている。学生時代にラグビーかアメフトに打ち込んだのだろう、と俺は思った。青春を謳歌《おうか》し、その記憶に守られながら生きている——俺の一番嫌《きら》いなタイプの人間だった。

「円行寺正輝さんですね」

二人のうち、四十代と思しき年長の男が言う。どうして俺の名前を——その疑問がよぎると同時に、背筋《せすじ》が寒くなった。

「……いえ、人違いです」

俺は焦りを悟《さと》られないように、あえてゆっくりとベンチから立ち上がった。

その場を離れようとしたところで、四方を十人ほどの男たちに囲まれていることに気づいた。私服だったりスーツだったりと服装《ふくそう》はまちまちだが、全員が真剣な表情でこちらに鋭い視線を向けていた。その中には、さっきまで犬の散歩をさせていた男や、噴水のそばで缶コーヒーを飲んでいた男も混ざっていた。

「北浦剛輔、武藤則明。このお二人の名前に聞き覚えはありませんか」

さっきと同じ男が再び質問をぶつけてくる。視線は険しさを増していた。こちらが他人の振りを決め込もうとしていることを完全に見抜いているのだ。

こいつら、刑事か……。

じわりと絶望が心に広がる。

完全に油断していた。まさか、警察が俺の存在に気づくとは。

北浦と武藤の名前を出してきたということは、二人と俺の繋がりを把握《はあく》していると考えるしかない。当然、二人の死に俺が関わっていることもお見通しということか。あれが自殺ではないことを見抜いたらしい。

なんでバレるんだよ！　と俺は心の中で叫んだ。時間をかけ、周到に準備した計画だ。証拠を残していない自信はある。何か、想定外の誤算が発生したということだろうか。分からない。

とにかく、今はこの場を切り抜けることが最優先だ。

だが、状況はあまりに厳しい。俺は昔から運動が苦手だ。走って逃げたところで、五〇メートルも行かずに追い付かれるのがオチだ。せめて銃があれば威嚇《いかく》しつつ逃げる、みたいな手も使えたかもしれないが、今は何の武器も持っていない。

いや、待てよ。相手は俺が銃を携帯していると思っているのではないか。そうでなければ、これほどの人数で俺を捕まえには来ないだろう。

うまくやれば、チャンスはある。といっても、戦う姿勢を見せるのではない。自殺をほのめかすのだ。警察官が死に、銃が奪われたのだ。向こうは俺を何としてでも捕まえたいと思っているだろう。

「それ以上近づくなっ！」俺は大声を出し、右手をジーンズの尻ポケットに突っ込んだ。

「近づいたら、頭を撃って死んでやる！」

俺を取り囲んでいる男たちが一斉《いっせい》に身構える。周囲の気温がぐっと上がったような気がした。

「落ち着きなさい。そんなことをしたら、周りの人間を悲しませるだけだ」

刑事の一人がそんなことを言う。「誰が悲しむっていうんだよ！」と俺は怒鳴った。

勉強もダメ、運動もダメ、絵や音楽の才能もゼロで、おまけにコミュニケーション能力も低い……両親はそんな我が子に失望し、早々にゴミ認定した。俺の話を聞くことも、塾《じゅく》や習い事に通わせることもなく、ただエサのように食事を差し出してくるだけだった。

俺をないがしろにしたのは家族だけではなかった。俺は学校でもゴミ扱いされ、いじめのターゲットにされた。

特に、中学時代のイジメは、俺の心に消えないトラウマを植え付けた。陰湿《いんしつ》で、しかも暴力を伴《ともな》うものだったからだ。

その中心的な役割を果たしていたのが北浦だった。クラスの人気者だった北浦は、遊び半分で俺をいじめ始めた。俺にはそれを止める力はなく、教師も見て見ぬふりをした。本当に地獄《じごく》のような時間だった。

だから、俺は自殺しようと決めた。頑丈なロープを自分の小遣いで買い、自殺のマニュアル本を買って首吊りの方法について入念に調べた。

だが、それを決行する前に、急に父親の転勤が決まり、埼玉から茨城に引っ越すことになった。

これでいじめから解放される——そんな甘《あま》い期待は、転校からひと月後には打ち砕《くだ》かれていた。転校先の学校でも、俺はいじめの標的にされてしまったからだ。

こちらで主導的《しゅどうてき》な役割を果たしたのが武藤だった。いじめの内容は埼玉にいた頃《ころ》よりもひどかった。教科書は破《やぶ》られたし、上履きや体操着は絵の具や泥で汚《よご》されまくった。会えば頭を叩かれ、体育倉庫で数人から腹を蹴られたこともあった。

「飛び降りてみろよ」

武藤から、そんなことを言われたこともある。あれは真冬の放課後で、場所は校舎の非常階段の三階と四階の間の踊り場だった。武藤は俺の体を手摺《てすり》に押し付け、笑いながら「いっぺん、人が落ちるところを見てみたいんだ」と言った。

一瞬、本当に飛び降りようかと思った。少なくとも、俺の心の中には死ぬ覚悟《かくご》が生まれていた。その時は教師が地上を通り掛かり、怪訝《けげん》そうにこちらを見上げていたのでうやむやになったが、その偶然がなければ俺は手摺を飛び越えていただろう。

この一件を機に、俺は学校に通うのを止《や》めた。正確に言うなら、心が折《お》れて通えなくなった。

一人きりの部屋で誰からも相手にされない日々を過ごしつつ、俺は誓《ちか》った。北浦と武藤、二人にいつか復讐するのだと。死の恐怖を教えてやるのだと。

そして、その目標は二十数年の時を経て達成された。

計画は、同級生のSNSで北浦が警察官になったことを知った時に始まった。

相手から拳銃を奪い、それで脅して自殺に追い込む——。

その目標を思いついた瞬間、俺の体に活力が満ちた。

同窓会に参加し、北浦と武藤、二人と連絡先を交換《こうかん》する。家に入れてもらえるくらい、二人と親しくなる。「二十万円払うから、一度本物を見てみたい」と頼んで、北浦に拳銃を持ち出させる。それらのステップが計画の肝《きも》だった。

どの段階を取っても、簡単《かんたん》なところはなかった。過去のトラウマが何度も再発しかけたが、俺は歯を食いしばってそれに耐《た》え、心を無にして最後までやりきった。

そうだ。俺はもう、昔の俺ではない。人の命さえ自由にできる力があるのだ。このピンチも脱出できるはずだ。

俺はそうやって自分を鼓舞《こぶ》しながら、じりじりと後ずさりを続けていた。右手はポケットに入れたままだが、万が一を警戒してか、刑事たちは五メートルほどの距離を保ち続けている。

どこかで隙を見て駆け出さなければならない。公園の林の中にでも逃げ込んで、追い付かれにくい状況を作る必要がある。

逃げ込むのに適した場所は……。

俺はちらりと背後に目を向けた。

その直後に、頬に風圧を感じた。

慌てて顔を前に戻す。刑事が二人、俺の方に猛然《もうぜん》とダッシュしていた。やばい、と思った時には、俺は腰にタックルを喰《く》らって芝生に倒れ込んでいた。

「やめろ！　撃つぞっ！」

刑事たちは恐ろしい力で俺を押さえ込んでいた。あっという間にポケットから手を引き抜かれ、うつ伏せの姿勢にされてしまう。

草の匂いと土の冷たさ。そして、体にのしかかる重み……。それらの感覚は、中学時代に受けたいじめを嫌というほど明瞭《めいりょう》に思い出させた。

「銃は持っていません」

刑事が俺の体をまさぐり、冷静に報告する。

「まあ、そうだとは思ってたけどな」

俺に声を掛けてきた年長の刑事が呆《あき》れ声《ごえ》で言い、「じゃ、警察署の方に来てもらうんで」と冷静に通告した。

これは、春の陽気が見せた悪夢なのだ――。

俺はそう念じながら、強く目を閉じた。

9

風間由人《よしひと》は、エレベーターのかごの中央にまっすぐ立ち、モニターに表示される階数が増えていくのをじっと見つめていた。

風間計器の研究所には頻繁《ひんぱん》に足を運ぶが、大手町《おおてまち》にある本社ビルに来るのは久しぶりだった。

取締役を務《つと》めており、製品開発にアドバイスすることはあるものの、経営そのものには口出ししないと風間は決めている。そのため、基本的に風間が経営会議に参加することはない。本社に立ち寄るのは、質問対応のための出席を義務付けられている株主総会の時くらいだ。

やがて、エレベーターが最上階に到着する。風間はかごを出て、厚いカーペットの敷《し》かれた廊下を歩いていく。

それにしても静かだ。このフロアにあるのは重役専用の個室だけだ。出入りが少ないので人の気配がまったく感じられない。

風間は前を見据えたまま廊下を進み、目的の部屋に到着した。

強めにノックして、ドアを開く。同時に、奥の席に座っていた男性が立ち上がった。

「久しぶりだな」

　男性の顔を見るたび、風間は未来を覗く鏡と向き合っている気分になる。三十年後、自分はこうなるのだろうという予感を抱かせるほど、男性は風間とよく似ている。

　それもすべては遺伝子《いでんし》のなせる業《わざ》だ。彼の名は風間道久《みちひさ》。風間の父親であり、風間計器の代表取締役を務める男だ。

「ご無沙汰しております」と風間は一礼した。風間は子供の頃から一貫《いっかん》して、両親には丁寧《ていねい》な言葉遣いを心掛けている。

「座って話そう。そこへ」

　来客用の黒い革のソファーに向き合って座る。周りの人間が言うには、ちょっとした所作《しょさ》も親子でとても似通っているらしい。それを意識すると立ち居振る舞いがぎこちなくなるので、気にしないことにしている。

「予想よりも、早かったでしょうか、それとも遅かったでしょうか」

　風間が尋ねると、「きっちり予定の時刻だが」と道久は時計を見ずに言う。

「そういう意味ではありません」と風間は道久の顔をまっすぐに見据えた。「私が父さんに面会を申し込むまでの時間です」

　それを聞き、道久はフレームレスの眼鏡のつるに触れた。

「おおむね予想通り……と言ってやりたいところだが、思ったよりは少し遅かった。珍しいことだと思う。普段の冷静さを欠いていたのは、年度末で忙しかったからか？　それとも、警察への協力にのめり込みすぎたか？」

「どちらでもありません。単なる私の力不足です」

「それは違うな」と言い、道久は目を細めた。「ひょっとすると、桜庭《さくらば》くんのことを大切に思うがあまり、視野が狭くなっていたのではないかな」

道久の指摘に、風間は口を閉ざした。父親の前で強がりを口にすることは恥《はじ》だと風間は考えている。潤平が風間に影響を与えているのは事実だ。否定すれば嘘になる。

「単刀直入《たんとうちょくにゅう》にお伺いします。なぜ、こんな回りくどいことをしたのですか」

「それは、リアリティのある反応が見たかったからだ」と表情を変えずに道久が言う。

「例えば食事の席を設定して、三人で会うことはできただろう。だが、それでは由人や桜庭くんの『素』を見ることはできない。だから、揺さぶりを掛けさせてもらった」

とんでもないことを、よくこれほど冷静に話せるものだ、と風間は感心した。目的のためなら手段を選ばない——道久がどんな風にこの会社を運営しているか、その方針の一端《いったん》を見た気がした。

「せっかくだ。由人が何をどう考えたのか、聞かせてもらおうか」

道久はどこか楽しそうにそう言った。自分の息子《むすこ》を試そうというつもりらしい。

「私が採取し、分析した臭気成分が付着した郵便物が届く……。なぜそんなことが起きているのか、最初は戸惑《とまど》いました。しかし、気づいてみれば、からくりは非常に簡単なものでした。感度の高い分析装置を利用するために、私は毎日のように風間計器の研究所に足を運んでいました。データは研究所の端末に保存されていたのです。それを盗み見ることができれば、臭気成分の再現が可能になります。そして、そんなことが可能な人間は限られています。私が管理しているデータフォルダへのアクセス権があるのは、この会社の役員だけです」

「考え方に異論はないが、結論に飛躍《ひやく》がある。役員は他にもいる。どうして私の仕業だと断定した？」

「能力の問題です」と風間は言った。「データを見たからと言って、私の考えまでもを読み取ることは不可能です。私が着目している成分を厳選し、それを的確に組み合わせて臭気を再現するには高度な知識と充分な経験が必要になります。そして、我が社の役員のうち、分析科学系の博士号を持つのは父さんだけです」

「なるほど。正しい推理だ」

「桜庭くんのことはどこまで調べましたか」

「彼の経歴と現在の状況は把握している。由人のマンションに出入りしていることも確認済みだが、同居の決定的な証拠は得られなかった。まあ、別の部屋を借りて住まわせるような面倒なことはしないだろうと思うが」

「録画状態のスマートフォンを送ってきたのは、私の部屋にいる桜庭くんの姿を捉えるためだったのですね」

「そういうことだ。策を弄《ろう》しすぎて失敗してしまったが」と道久が肩をすくめる。

「一つお伺いしたいことがあります」と風間は人差し指を立ててみせた。「私が桜庭くんと同居を始めたことを、どこで知ったのですか」

「倫《りん》から電話で聞いた。ただし、『誰かと一緒に住んでいるらしい』という情報だけで、それ以上のことは教えてもらっていない」

やはり、と風間は思った。

姉が潤平にちょっかいを出してきたことは把握している。彼女がどこで同居のことを聞きつけたのかは不明だが、おそらく風間家の使用人の中に内通者がいて、風間の情報を伝えているのだろう。倫は興味を持ったものに対して異様なまでの執着《しゅうちゃく》を示す。風間や潤平のことを知りたくてたまらないのだ。

「それで好奇心をくすぐられたと？　失礼を承知で言わせてもらえば、軽率《けいそつ》すぎます。あの女は父さんがどう動くかを見たいから、そんな連絡を寄越《よこ》したのでしょう」

「まあ、そうだろうとは思ったんだが、あえて倫の望み通りに行動することにした。最近、由人がうちの研究所に頻繁に通っていることが気になっていたんだ。何をそんなに熱心に分析しているのか、把握したかった」

「私の研究対象は、死者の放つ香りです。私はそれを死香と呼んでいます。そして、桜庭くんは死香を感知する特異体質の持ち主です」

風間はあえて事実を口にした。下手《へた》に嘘をつけば、また道久の好奇心を刺激《しげき》しかねない。あれこれ探られるくらいなら、本当のことを知らせた方がいい。

「死香か……。最近、その方面の論文を出していたな。桜庭くんの体質には一切触れていなかったが」

「私の研究についてご存じだったのですか」

「由人の出した論文には、すべて目を通している」

「だから、死香を感知できる人間が身近にいると予測されたのですね」と風間は指摘した。そうでなければ、わざわざ荷物に死香成分を入れたりはしないだろう。

「いや、論文から類推したわけではない。実は、江戸時代に記された古い文献で読んだことがあるんだ」と道久は神妙に言った。「その書物には、杉田玄白《すぎたげんぱく》がその体質を持っていたと記載されていた。頻繁に人体解剖《かいぼう》を行ううちに死者の放つ匂いに敏感《びんかん》になり、離れたところにある遺体を嗅ぎ当てることができたらしい。しかもその匂いは、悪臭ではなく焼き魚や醤油《しょうゆ》の香りに感じられたようだ」

「そんな文献が？　あとでコピーをいただけますか」

無論だ、と道久が頷く。

「由人が死の香りの研究を本格化させたのは、桜庭くんを助手として雇用してからだった。それで、彼が死香に敏感な体質なのではと推測したのだよ」

「その推測が正しいと、いつ確信しましたか」

「二番目に由人に送った荷物が、未開封のまま風間計器に運ばれてきた時だ。外から見ただけでそこまで警戒するとは思えない。死香を感知できるからこそ、『妙だ』と思ったのだと理解した。しかし、どうして彼を家に住まわせているんだ？　経済的に困窮《こんきゅう》している様子はないが」

「彼の能力を狙っている人間がいます。その攻撃から守るために、共に暮らすことを決めたのです」

「そうか、そういうことか……理解した」

「このことは他言無用《たごんむよう》でお願いします」

「分かっている。分析データやプライベートを含め、今後はいっさい詮索しないことを約束しよう」

　道久はそう言って、ゆったりと足を組んだ。

「由人が誰と暮らそうが、私には意見を述べる権利はない。ただ、どうせなら楽しく暮らしてほしいとは思う。余計な一言だろうが、それだけは伝えさせてくれ」

「ご安心ください。その辺のことは、心得ているつもりです」

そうか、と呟き、道久がソファーから立ち上がる。これで話は終わり、ということだ。風間は立ち上がって一礼し、社長室をあとにした。

来た時と同じく、廊下は静まり返っていた。風間は近くにあった会議室に入り、潤平に電話をかけた。

「あ、風間さん。お疲れ様です。お父さんとの面会は終わりましたか」

「ああ。おおむねこちらの予想通りだった。今後はこちらに関与しないことを約束させたから、安心していい」

「そうですか……」

潤平の声に、風間は違和感を覚えた。問題が解決して喜ぶと思ったのだが、そういう風には聞こえなかった。

「何か気になることがあるようだが」

「え、いや、気になるというか、ご挨拶に行った方がいいのかなって」

「挨拶？　誰にだ」

「それはもちろん、風間さんのご両親です」と潤平が言う。「一緒に暮らしているわけですから、顔くらいは見せた方がいいんじゃないかと……」

「その必要はない。君に余計な心労を掛けるだけだ」と返したところで風間は気づいた。

「もしかして、私と君のご両親を引き合わせたいのかね？　君の理屈が正しいのであれば、私も挨拶をすべき、ということになる」

「へ？　そんなつもりはないんですけど……」

「私は一向に構わないが。むしろ、そうすべきだということにいま思い至った。気づくのが遅れてすまない。あらゆるスケジュールを調整し、希望する日時にご自宅に赴《おもむ》こう。そして、一緒に生活していることを丁寧に説明しよう」

「そんな、恐れ多いですよ。っていうか、ウチの両親には風間さんの存在は刺激が強すぎるのではないかと思います」

「刺激？　ちょっと意味が分からないな。体臭がきついということかね」

「そうじゃなくて……。常識の範囲からずれているというか、勘違《かんちが》いされかねないというか、なんというか……」

潤平はもごもごとお茶を濁《にご》し、「とにかく、同居の報告は不要ですので」と声に力を込めた。

「そうか。君がそう望むのであれば遠慮しよう」

そう言って風間は通話を終わらせた。

部屋を出ようとしたところで、スマートフォンに着信があった。曽根からだ。

「はい、風間です」

「どうも。さっき連絡がありまして、今日の午前中に円行寺の身柄を確保しました」

円行寺？　苗字を言われても誰だか分からない。しかし、こうしてわざわざ報告を入れたということは、直近の事件の容疑者だろう。二人の人間を自殺に追い込んだ犯人——すなわち、Xだ。

「迅速に取り調べが進むと思いますが、報告の場を設けましょうか」

「桜庭くんが望むようでしたら、お願いします」

「いつも通りということですね。承知しました。では、この件はこれで一段落したということで、次のサンプル採取のスケジュールを決めましょうか」

「分かりました。今すぐ、現場の情報を送っていただきたい」風間は会議室の時計に目を向けた。時刻はまだ午後一時半だ。「できれば今日中にサンプル採取を行いたいと思います」

「分かりました。調整してみましょう」

よろしくお願いします、と電話を切る。

また、新たな分析が始まる。風間は力が湧き上がってくるのを感じた。

米の死香を完全解明し、潤平と共に、彼の両親が作った米を食べる——それが風間の現在の目標だ。それを達成するためには、死香を集め、分析を続ける以外にない。

「……ああ、その前に約束があったな」

風間は大切なことを思い出した。今回の事件が終わったら、一緒に日光の秘湯に行くと潤平と約束したのだった。

部屋を出るのをやめ、手近な椅子を引き寄せて腰を下ろす。

——どうせなら、楽しく暮らせ。

道久の助言が蘇《よみがえ》る。確かに死香の研究は最優先だが、たまには息抜きも必要だ。現実を忘れてリラックスできる時間がなければ、ストレスで死香が嗅ぎ取りづらくなるかもしれない。

旅程は一泊二日か、あるいは二泊三日だ。いつ出発すべきだろう。どうしても外せない用事はあっただろうか……。

曽根からの連絡を待ちつつ、風間は旅行の日程を練《ね》る作業に没頭していった。

10

イアン・ニューマンは自分の部屋で一人、分析データを見直していた。独自に入手した死香を分析して得た成分が、ノートパソコンの画面に表示されている。

物質の数は、検出できただけで五十を超《こ》えている。複雑な構造式の物質ばかりではなく、中には実験室でよく使うありふれた試薬もある。硫黄系の物質が多いだろうと思っていたが、数で言うと、窒素を含む成分の方が多数派を占めていた。実際に嗅いでみるとほぼ無臭に感じられるような物質もある。とにかく多様《たよう》だ。死香を理解するには、時間をかけてデータを積み上げていかねばならないだろう。

進むべき道は険しいが、だからこそやりがいがある。イアンは少しずつ前進している感覚を楽しみつつ、データを取りまとめる作業を続けていた。

と、そこでドアがノックされ、イアンの秘書のマーガレットが顔を覗かせた。相変わらず健康そうだな、と顔を見るたびに思う。年々体つきが丸くなっている気がするが、肌つやは三十八歳のそれよりはずいぶん若く見える。

「先生。日本からお荷物が届きました」

「ああ、ありがとう」

マーガレットが段ボール箱をテーブルに置き、部屋を出ていく。イアンはデータを保存し、テーブルに近づいた。

箱の大きさは、半分にしたホールケーキがぴったり収まる程度だ。持ち上げてみると軽かった。一キログラムもないだろう。

送り主の名を確認すると、Ｔａｎａｋａと書かれていた。この名で届いた荷物は、イアン宛てのものではない。

箱を持って部屋を出る。辺りは妙に静かだった。時刻は午後二時を回ったところだ。学生たちは実験に集中しているのだろう。

薄暗い廊下を進んだ突き当たりに、小さな部屋がある。元々は書庫として使っていたが、最近になって実験室に改装した。

ドアをノックすると、「どうぞ」という声が聞こえた。

「君にまた荷物が届いたよ」

部屋に入り、そう声を掛ける。実験台に向かっていた、黒髪の人物が振り返る。その口元には微笑が浮かんでいた。

彼はイアンの研究室で実験補助員として働いている。セイジ・アキカワと名乗っているが、パスポートのファミリーネームは「ツキモリ」だ。素性を隠すため、あえて母親の姓を使っているそうだ。

「ありがとうございます」

セイジは嬉しそうに箱を受け取り、カッターナイフで慎重に開封を始めた。

イアンはその作業を見守りながら「持った感触で、中身の想像はついたよ」と言った。

「試験管なんだろう?」

「そうだと思います。ずっと到着を待っていたんです。違っていたら、僕は箱を床に叩きつけるかもしれません」

「……ここで開封作業を見ていても構わないかな」

「どうぞご自由に」

セイジがカッターナイフを置き、段ボール箱の蓋を開いた。白い緩衝材《かんしょうざい》の中に、十本ほどのプラスチック製の試験管が埋まっている。どれも中身は空に見えるが、そうではないことをイアンは知っていた。これと同じものが、すでに何度も研究室に届いていたからだ。

セイジは試験管の一本を手に取り、顔の高さに持ち上げた。

素早く蓋を開け、試験管の口に鼻を近づける。匂いを嗅いでいたのは二、三秒のことだった。セイジはすぐに蓋を閉め、大きく息を吐き出した。

「……三級品ですね」

「中身はやはり、君の愛する例の死香か」

「ええ。日本の『協力者』に送ってもらいました」

セイジの好む花の死香は、ある特定の条件下でのみ発生しうるものだ。その条件は、三十代の男性の首吊り自殺だという。

「その協力者というのは、警察関係者か？」

「意地の悪い質問ですね」とセイジが苦笑する。「違うと分かって訊いていますね」

「……では、訊き方を変えよう。送り主は犯罪行為に手を染めているのか？」

「さあ、細かいことは分かりません」とセイジは首を振った。「僕が知っているのは、彼が学生時代にいじめを受けていたことと、そのトラウマから抜け出したいと切望していたことくらいです」

「君が病院に勤めていた時の患者《かんじゃ》か？」

「いえ、日本にいた頃からずっと、個人的にカウンセリングしている相手です」

「……彼にどんなアドバイスを？」

「トラウマを断ち切るには、根本部分を変えるしかない。そんな話をしましたね」

セイジの説明に、イアンは不穏なものを感じた。いじめの根本と聞いて思い浮かぶのは、攻撃を仕掛けていた首謀者《しゅぼうしゃ》の存在だ。それを「変える」という行為からは、復讐の匂いが強く香ってくる。

「……まさか、君に届けられた死香というのは……」

「この話は終わりにしましょうか」とセイジが段ボール箱の蓋を閉めた。「僕は構いませんが、あなたは嫌な気分になると思いますよ」

イアンは嘆息《たんそく》し、セイジの顔をまっすぐに見た。

「君の死香を感知する能力のおかげで、私の研究は新たなステージに到達できた。そのことに関しては強く感謝している。しかし、死香を研究するためのサンプルはいくらでも合法的に入手できる。そのことを忘れないでもらいたい」

「言われなくても分かっています」とセイジが眉根を寄せた。「それでも譲れない一線があるんです。タバコや酒と同じですよ」

「……嗜好品《しこうひん》の範疇《はんちゅう》を超えている」とイアンは指摘した。「比較《ひかく》するならドラッグだ。そして君は明らかに中毒になっている」

「それも自分で理解しています。それでも止めようがないんです」と開き直った様子でセイジが言う。「だから、これほどまでに献身的にあなたの研究に貢献しているんでしょう。僕だって、協力者に頼らずに済む日が来るのを心待ちにしているんです」

セイジの希望は、花の死香を完全再現し、いつでも嗅げるようにすることだ。それを叶《かな》えるべく、イアンは死香の分析を行っている。

「……最初に言ったはずだ。時間が掛かると」

「簡単なことだとは思っていませんよ。でも、イアン。あなたならきっとできるはずです。僕はそう信じています」

セイジがイアンに向ける目には一点の曇りもない。自らの行為が正しいと確信しているのだろう。

その純粋な熱意は、他者の命の価値《かち》を軽《かろ》んじかねないものだ。目的のためなら、人が死んでも構わない——そんな、危険極まりない思想に繋がる。

……いや、もう繋がってしまっているのかもしれない。

「……セイジ、君は……」

「なんですか？」

「いや、なんでもない」と呟き、イアンはセイジの部屋をあとにした。

君は壊れてしまっているのだ――。

口から飛び出しそうになったその言葉を、イアンは飲み込んでいた。壊れているのは自分も同じだ、と思ったからだ。

セイジは、間接的に十人以上の男性を死に追いやってきた。日本の警察から追われている可能性もある。それを知りつつも、イアンは彼を雇用することを選んだ。それはひとえに、死香の真実を知りたいという思いが何より優先されたからだ。

イアンは廊下の途中で足を止め、窓の外の春空に目を向けた。

空のはるか彼方《かなた》、太平洋を越えた先――日本にいるヨシヒト・カザマのことをイアンは思った。

死香研究の第一人者である彼は、モラルの問題とどう向き合っているのだろう。イアンが死香研究に乗り出したことを知ったら、どんな反応を見せるだろう。死香研究の先にどんな目標を設定しているのだろう……。

カザマに聞いてみたいことがいくらでも思い浮かぶ。イアンは首を振ってそれらの質問を心から追い出した。

もう自分たちは歩き出してしまったのだ。今さら立ち止まることは許されない。

イアンは心の声で自分を叱咤《しった》し、決然と廊下を歩き出した。

本文イラスト／ミキワカコ

本作品は書き下ろしです。
またこの物語はフィクションです。実在する人物、
団体等とは一切関係ありません。

中公文庫

死香探偵《しこうたんてい》
――生死《せいし》の狭間《はざま》で愛《あい》は香《かお》る

2021年1月25日　初版発行

著　者　喜多《きた》喜久《よしひさ》
発行者　松田陽三
発行所　中央公論新社
〒100-8152　東京都千代田区大手町1-7-1
電話　販売 03-5299-1730　編集 03-5299-1890
URL http://www.chuko.co.jp/

DTP　平面惑星
印　刷　大日本印刷
製　本　大日本印刷

Published by CHUOKORON-SHINSHA, INC.
Printed in Japan　ISBN978-4-12-207015-8 C1193

尊き死たちは気高く香る

死香探偵

DETECTIVE OF DEATH FRAGRANCE
YOSHIHISA KITA

喜多喜久

イラスト／ミキワカコ

さて、現場の謎を
嗅ぎ解こう
じゃないか！

STORY

特殊清掃員として働く桜庭潤平は、死者の放つ香りを他の匂いに変換する特殊体質になり困っていた。そんな時に出会ったのは、颯爽と白衣を翻し現場に現れたイケメン准教授・風間由人。分析フェチの彼に体質を見抜かれ、強引に助手にスカウトされた潤平は、未解決の殺人現場に連れ出されることになり!?　分析フェチのイケメン准教授×死の香りを嗅ぎ分ける青年の、新たな化学ミステリ！

中公文庫

STORY

構内に掘られた穴から見つかった化学式の暗号、教授の髪の毛が突然燃える人体発火、ホメオパシーでの画期的な癌治療、更にはクロロホルムを使った暴行など、大学で日々起こる不可思議な事件。この解決に一役かったのは、大学随一の秀才にして、化学オタク（？）沖野春彦准教授——通称 Mr. キュリー。彼が解き明かす事件の真相とは……!?

中公文庫

桐島教授の研究報告書

喜多喜久

Professor Kirishima's Research Report
Yoshihisa Kita

テロメアと吸血鬼の謎

先生は今、ただの
可愛い女の子なんですよ!
犯人は、ちゃんと話を聞いてくれるんですか!?

STORY

拓也が大学で出会った美少女は、日本人女性初のノーベル賞受賞者・桐島教授。彼女は未知のウイルスに感染し、若返り病を発症したという。一方、大学では吸血鬼の噂が広まると同時に拓也の友人が意識不明に。完全免疫を持つと診断された拓也は、まず桐島と吸血鬼の謎を追うことになり!? 〈解説〉佐藤健太郎

イラスト/もか

中公文庫